Die Taunus-Ermittler – Steinige Wege

Von Gabriele und Jürgen Jost bereits bei BoD erschienen:

Meeresrauschen für Lara

Weitere Infos unter:
www.gabriele-und-juergen-jost.de

Gabriele und Jürgen Jost

Die Taunus-Ermittler –

Steinige Wege

Kriminalroman

Bibliografische Information der Deutschen Nationalbibliothek:
Die Deutsche Nationalbibliothek verzeichnet diese Publikation in der
Deutschen Nationalbibliografie;
detaillierte bibliografische Daten sind im Internet über
http://dnb.d-nb.de abrufbar.

© 2010 Gabriele und Jürgen Jost
Satz, Umschlaggestaltung, Herstellung und Verlag:
Books on Demand GmbH, Norderstedt
ISBN: 978-3-8391-7482-1

Vorwort

Da sind sie nun im Begriff, sich zu formieren – die Taunus-Ermittler. Mancher wird sich sagen: Bitte nicht noch eine neue Krimi Serie – denn genau das soll es einmal werden –, aber wir hoffen, dass Sie, lieber Krimi-Fan, das anders sehen.

Zu gleichen Teilen inspiriert von Jacques Berndorf und seinen Siggi-Baumeister-Romanen, denen er die Eifel als Handlungsort zugedacht hat, und Andreas Franz, dessen Romane im Rhein-Main-Gebiet spielen, haben wir genau wie diese beiden unser eigenes Wohngebiet, in diesem Fall den Vordertaunus, zum zentralen Handlungsschauplatz gemacht.

Wir haben jedoch keinem Journalisten und auch keinem Kriminalbeamten, sondern einem Detektiv-Duo (oder -Trio) die Hauptrolle zugedacht. Unter den Schauplätzen wollen wir zwar Kelkheim, dem Rhein-Main-Gebiet und der Taunusregion die uneingeschränkte Hauptrolle zugestehen, werden aber in Zukunft – und auch schon in diesem Band – immer wieder einmal Abstecher in die nähere (und weitere) Umgebung vornehmen.

Außerdem möchten wir an dieser Stelle darauf hinweisen, dass wir, wenn wir Polizei, Staatsanwaltschaft, Richter oder Behörden in unsere Handlung einbauen, unserer Fantasie freien Lauf lassen. Schließlich sollen unsere Romane keine Dokumentation der Arbeitsweise deutscher Polizei- und Justizbehörden sein. Sollten also Dienstverhältnisse, Zuständigkeiten oder Handlungsabläufe nicht der Realität entsprechend wiedergegeben sein, so ist das, der Dramaturgie zuliebe, durchaus beabsichtigt.

Wir hoffen, dass Ihnen unsere Krimi-Reihe gefällt, und wünschen Ihnen viel Spaß beim Lesen,

Gabriele und Jürgen Jost

1.

Ob das alles richtig ist, was ich hier mache?, dachte Stefan Weimershaus, als er mit seinem neun Jahre alten Opel Astra Caravan am Autobahndreieck Kassel auf die A 7 einschwenkte. Sie würde ihn auf seinem Weg ins Rhein-Main-Gebiet nun ein ganzes Stück begleiten.

»Du kannst es mir nicht sagen«, sprach er zu seinem Auto, und gerade als ob es ihm Antwort geben wollte, begann in diesem Moment irgendein Teil der Karosserie zu klappern.

Geh mir bloß nicht kaputt, so alt bist du ja auch wieder nicht, dachte er und begann sich einmal mehr auf Verena zu freuen, die ihn am Ziel seiner Reise in Kelkheim erwartete.

Nun ja, Reise war wohl nicht ganz der richtige Ausdruck für seine Fahrt, denn er hatte seine Lager in Münster endgültig abgebrochen – der Liebe wegen. Und das, obwohl er dort ein herrliches Leben hätte führen können.

Das alles ging ihm durch den Kopf, während er mit hundertdreißig über die Autobahn rollte. Er ließ vor seinem geistigen Auge sein inzwischen fünfundzwanzig Jahre währendes Leben Revue passieren, das nahezu achtzehn Jahre lang in geordneten Bahnen verlaufen war. Als Sohn eines wohlhabenden Bäckermeisters war er im Münsteraner Stadtteil St. Mauritz geboren und aufgewachsen. Er war immer ein guter Schüler gewesen, und obwohl er ein blitzsauberes Abi hingelegt hatte, wusste er doch, dass er nicht, wie fast alle seiner Klassenkameraden, studieren würde. Die Welt der Universitäten, dessen war er sich sicher, war einfach nicht die seine. Damit hatte er die Eltern, die Inhaber einer kleinen Bäckereikette mit sieben Filialen waren, zum ersten Mal im Leben so richtig schockiert. Zum zweiten Mal geschah dies nur wenige Wochen später, als er sich entschloss, nicht zur Bundeswehr zu gehen, sondern den Dienst mit der Waffe zu verweigern. Damit wurde er der erste Zivi in seiner großen Verwandtschaft. Dennoch blieb das Verhältnis zu seinen Eltern, die diese Entscheidung nie verstanden, recht gut, obwohl sie auch sonst in Sachen politischer Weltanschauung Lichtjahre trennten. Besonders Stefans Vater bewies wahre Nehmerqualitäten, denn kaum aus dem Zivildienst entlassen, offerierte ihm sein Sohn, dass er zwar einen handwerklichen Beruf erlernen, aber keinesfalls ins elterliche Geschäft einsteigen würde. Er wolle lieber etwas Eigenes auf die Beine stellen. Sein zehn Jahre jüngerer Bruder Dirk hatte schon als Zwölfjähriger liebend gern im Teig herumgematscht und konnte inzwischen ohne Anleitung Brötchen backen, was Stefan beim besten Willen nicht hinbekam.

So weit war Stefan in seinen Gedanken gekommen, als er merkte, dass er nicht nur müde wurde, sondern auch Hunger bekam. Deshalb verließ er an der Ausfahrt Kirchheim die Autobahn und fuhr, da es fast schon Mittag war, in den nächsten Ort hinein. Direkt an der Bundesstraße fand er ein gemütliches kleines Gasthaus und setzte sich etwas abseits von den Einheimischen, die am Stammtisch saßen und lautstark palaverten, ans Fenster.

Er bestellte eine hessische Schlachtplatte, dazu Kaffee

und ein Glas Wasser, und sah hinaus auf die sanft gewellte Hügellandschaft Nordhessens, die er so liebte. Da kamen auch schon seine Getränke.

Kaum hatte er den ersten Schluck getrunken, da schweiften seine Gedanken erneut in die Vergangenheit. Er hatte also statt den Beruf des Bäckers den des Schreiners erlernt und die Ausbildung mit einer vorzeitigen Prüfung in allen Fächern mit »sehr gut« abgeschlossen. Das machte es seinen Eltern etwas leichter, sich damit abzufinden, dass er den elterlichen Betrieb nicht übernehmen und schon gar nicht Arzt oder Rechtsanwalt werden wollte. Der Hausfrieden blieb gewahrt, und er konnte im elterlichen Domizil wohnen bleiben. Das war auch gut so, denn seine berufliche Karriere kam trotz des glänzenden Abschlusses nur schwer in die Gänge. Er hatte nach der Ausbildung nur einen Teilzeitjob in einem Möbelhaus, danach eine befristete Stelle in einer Holzhandlung bekommen. Inzwischen war er bereits mehr als ein Jahr arbeitslos.

»Ja, damals habe ich Verena kennengelernt«, murmelte Stefan vor sich hin, als die Kellnerin das Essen auftischte.

»Haben Sie etwas gesagt?«, fragte sie, aber Stefan, der in ganz anderen Sphären schwebte, bekam davon nichts mit und sah weiter verträumt aus dem Fenster.

Die Kellnerin schüttelte grinsend den Kopf und ging zum Tresen zurück.

Stefan, der immer mehr Sehnsucht nach seiner Freundin bekam, schlang das Essen, auf das er sich so gefreut hatte, hinunter, legte den Rechnungsbetrag mitsamt einem üppigen Trinkgeld kurzerhand auf den Tisch und fuhr auf dem schnellsten Weg auf die Autobahn zurück. Eigentlich hatte er vorgehabt, über kleinere Landstraßen in den Taunus zu fahren, aber seit Verena wieder verstärkt in seinem Kopf herumgeisterte, dauerte ihm das einfach zu lange.

Kaum hatte er sich wieder in den schnell dahinfließenden Autostrom eingereiht, musste er daran denken, wie er sie kennengelernt hatte. Es war im letzten Jahr zu Ostern gewesen, da hatte Verena, die gerade in Münster eine Freundin besuchte, im wahrsten Sinne des Wortes seinen Weg gekreuzt. Mitten in der Fußgängerzone waren sie, beide ganz in Gedanken, zusammengeprallt. Im ersten Moment hatten sie sich gegenseitig mit Schimpfkanonaden überzogen, aber dann hatten beide unvermittelt lachen müssen. Nachdem sie sich wieder beruhigt hatten, waren sie einen Kaffee trinken gegangen und hatten dann bis zum Abend zusammengesessen. Als sie sich trennten, war beiden klar: Es war Liebe auf den ersten Blick.

Von da an hatte Verena während ihres Besuchs in Münster nur noch Augen für Stefan. Ihre Freundin Kathrin, bei der sie wohnte, spielte, wenn überhaupt, nur noch die zweite Geige. Die war anfangs sauer, bemerkte aber schnell, was mit Verena los war, und ermutigte sie dann sogar in ihrer gewiss vorschnellen Idee, im Sommer mit Stefan zu verreisen. So buchten beide an Verenas letztem Tag in Münster eine Flugreise nach Rhodos. Obwohl sie sich bis zum Abflugtermin nicht einmal drei Monate kannten und nicht mehr als drei Wochen miteinander verbracht hatten, wurde der Urlaub ein voller Erfolg.

Stefan konnte sich nur mit Mühe aus seinen Erinnerungen losreißen, aber der Verkehr am Bad Homburger Kreuz wurde dichter und zäher, sodass er seine ganze Aufmerksamkeit der Straße widmen musste. Keine Sekunde zu früh, denn nur so bemerkte er, dass die Schilderbrücken wohl schon eine ganze Weile Tempo hundert vorschrieben, und konnte der Radarfalle am Straßenrand gerade noch entgehen.

Das wäre der dritte dicke Strafzettel in diesem Jahr gewesen … Erleichtert schwenkte er auf die A 661 in Richtung Taunus ein. Er musste grinsen, als er daran dachte, dass sein Vater ihm im vergangenen Herbst vorgeschlagen hatte, sich doch auch mal in anderen Gegenden um Arbeit zu bemühen. Genau so war es dann auch gekommen. Nur dass sein alter Herr dabei mehr an das Ruhrgebiet gedacht hatte, während er das Rhein-Main-Gebiet anvisierte, nachdem er die Weihnachtsfeiertage bei Verena in Kelkheim verbracht hatte. Eine Fernbeziehung hielten sie beide auf Dauer nicht für das Wahre. Denn Verena hatte einen guten Job beim Chemiewerk in Höchst – also war es Stefan, der mobil werden musste.

Mit einem Job hatte es zum Glück auch ziemlich schnell geklappt. Eine Holzhandlung in Frankfurt-Unterliederbach suchte zum ersten Juni einen Mitarbeiter, und die Stellenausschreibung las sich so, als werde ein wahres Allround-Genie gebraucht: Er sollte genauso gut verkaufen wie auch Gabelstapler und Lieferwagen fahren können. Also genau das Richtige für Stefan.

Zwischen Oberursel und Kronberg verjüngte sich die Autobahn zur Bundesstraße und erklomm, kurz nach einem Tunnel, in einem kühnen Linksschwung die ersten Taunushöhen, und Stefan schwamm nun gemächlich in einer Autoschlange mit. Nicht mehr lange, dann würde er seine Freundin das erste Mal seit über einem Monat wiedersehen.

Ja, einen Job hatte er schnell gefunden. Nur mit einer bezahlbaren Wohnung war das am Rande des Rhein-Main-Gebietes gar nicht so einfach. Da sein anfängliches Nettogehalt die Tausend-Euro-Marke wohl nur unwesentlich übersteigen würde und er zu stolz war, um Hilfe von seinen

Eltern anzunehmen, musste die Wohnung preiswert, um nicht zu sagen spottbillig sein. Zu Verena konnte er unmöglich ziehen, denn sie wohnte in einem Hochhaus unweit des Kelkheimer Bahnhofs mit einer Freundin zusammen in einer WG – zwar in einer Dreizimmerwohnung, die aber sehr knapp geschnitten und für drei Personen auf Dauer einfach zu klein war. Nun ja, vermutlich war das auch besser so. Schließlich sollte man nichts überstürzen. Und letztlich hatte dann Verena selbst sein Wohnungsproblem gelöst. Ihr Onkel lebte ganz allein in einem kleinen Haus an der Hauptstraße von Kelkheim. Er bewohnte jedoch nur das Erdgeschoss, das obere Stockwerk stand seit Jahren leer. Zwar war die Wohnung mit den zwei verwinkelten Zimmern unterm Dach, dem schmalen Bad und der winzigen Küche alles andere als geräumig, dafür wollte Verenas Onkel inklusive aller Umlagen nur zweihundert Euro Miete. Als Übergangslösung sollte das also gehen. Vorausgesetzt, es ging nichts schief, denn Peter Stettner, ein frühpensionierter Polizeibeamter, war, vorsichtig ausgedrückt, etwas schwierig, seit sein Leben aus den Fugen geraten war. Verena nannte ihn starrsinnig, verbittert und zeitweise depressiv. Stefan, so sagte sie voraus, würde sich gegenüber dem Eigenbrötler sehr zurücknehmen müssen.

Inzwischen hatte er Königstein mit seinem riesigen Kreisverkehr hinter sich gelassen und rollte auf der Gefällstrecke, an der Johanniswald-Siedlung vorbei, Kelkheim entgegen. Um fünfzehn Uhr dreißig war er mit Verena am Bahnhof in Kelkheim, der sich seit einigen Jahren großspurig Kelkheim-Mitte nannte, verabredet.

Beinahe wäre er an der Abzweigung nach Kelkheim vorbeigefahren, so aufgeregt war er. Aber er schaffte es gerade noch und fuhr über den Gagernring durch Kelkheim-Hornau.

Am Rathaus bog er zum Bahnhof hin ab und kam genau eine Minute vor halb vier auf dem kleinen Parkplatz gegenüber dem ehemaligen Bahnhofsgebäude, in dem schon seit Jahren ein Restaurant untergebracht war, zum Stehen.

Gerade noch rechtzeitig, dachte er.

Im nächsten Augenblick sah er auch schon seine Freundin, wie sie fröhlich winkend vom Bahnübergang auf ihn zugerannt kam. Ihr langes blondes Haar wehte hinter ihr her. Stefan schlug das Herz bis zum Hals beim Anblick ihres hautengen T-Shirts und den nicht minder engen Jeans, die ihre schlanke und dennoch wohlproportionierte Figur umschmiegten. Sie war eine wahre Augenweide.

Was diese Super-Frau nur an mir findet? So viel Glück habe ich doch gar nicht verdient, dachte Stefan und fühlte sich in diesem Augenblick alles andere als attraktiv, obwohl auch er sich beileibe nicht zu verstecken brauchte. Er war zwar nicht ganz so schlank wie Verena, aber ihn als füllig zu bezeichnen wäre meilenweit übertrieben gewesen.

Da war Verena auch schon bei ihm: »Hallo Stefan, schön, dass du endlich da bist!«

Dann fiel sie ihm um den Hals, und man konnte meinen, sie wollte ihn nicht küssen, sondern auffressen. Dabei musste sie sich auf die Zehenspitzen stellen, denn sie war einen guten Kopf kleiner als Stefan.

»Ich freu mich, endlich wieder mit dir zusammen zu sein«, sagte Stefan, als sie für einen Moment von ihm abließ, und zeigte grinsend auf seine Habseligkeiten, die problemlos auf der Ladefläche seines Kombis Platz gefunden hatten.

»Ist es weit bis zu deinem Onkel? Wollen wir hinlaufen? Ich könnte nach der langen Fahrt einen Spaziergang gebrauchen.«

»Können wir machen. Aber ich meine, es ist bequemer, wir nehmen alles mit, sonst musst du später noch mal herlaufen und die Sachen abholen. Außerdem wurde hier in der letzten Zeit öfter mal ein Auto aufgebrochen.«

»Wie, hier im Dorf?«

»Dorf ist gut. Kelkheim hat immerhin fast dreißigtausend Einwohner.«

»Na ja, gegen Münster …«

»Mach dich wegen eurer zweihundertfünfzigtausend Leutchen nicht so wichtig«, meinte Verena lachend und knuffte ihren Freund kräftig in die Seite.

»So, jetzt kann ich nicht mehr laufen, wir müssen fahren. Zeigst du mir den Weg?«

»Ja, klar, lass mich einsteigen.«

Stefan hielt seiner Freundin ganz gentlemanlike die Wagentür auf. Danach setzte er sich ans Steuer, schnallte sich an und startete den Motor.

Etwa zur gleichen Zeit, als Stefan Kelkheim erreicht hatte, ließ Peter Stettner sich schwer in einen Sessel seines düsteren Wohnzimmers fallen.

»Du meine Güte«, murmelte er, »ich muss total verrückt sein. Ich hätte mich nie auf Verenas Bitte einlassen sollen. Selbst wenn sie die einzige Verwandte ist, die noch mit mir spricht.«

Dann nahm er die Kaffeekanne, schenkte sich eine Tasse extrastarken Kaffee ein und dachte: Wer weiß, was für ein Mensch dieser Stefan ist. Der wird blöd gucken, wenn er merkt, bei was für einer kaputten Type er da einzieht. Na ja, wenn er wüsste, wie übel mir das Leben mitgespielt hat … Aber was soll's. Jetzt hab ich A gesagt, jetzt muss ich auch B sagen. Schließlich zieht Verenas Freund ihretwegen aus Münster hierher – aber lassen wir das. Viel wichtiger wäre es, mich um meine Post zu kümmern … Da ist dieser Brief aus Düsseldorf …. Aber nicht mal dazu kann ich mich aufraffen. Ich habe keine Lust auf noch mehr Negativmeldungen.

Er stand mühsam auf, und wenn ihn Stefan so schwerfällig in die Küche hinüberschlurfen gesehen hätte, wäre er nicht auf die Idee gekommen, dass Peter Stettner noch nicht einmal fünfzig Jahre alt war.

Die Bürde der letzten Jahre lastete so schwer auf ihm, dass er an manchen Tagen kaum noch gerade gehen konnte. Auch war er in den letzten Jahren dick, um nicht zu sagen fett geworden, woran nicht zuletzt der viele Alkohol schuld war. Aber seit man ihn zuerst zur Schutzpolizei zurück- und später von einem Tag auf den anderen in den vorzeitigen Ruhestand versetzt hatte, lief bei ihm gar nichts mehr zusammen.

Wenn nur Michaela damals nicht gegangen wäre, dachte er. Dann hätte mein Leben wohl eine andere Wendung genommen.

Er nahm den Brief seines früheren Berufskollegen vom Küchentisch, wischte sich verstohlen einige Tränen aus den Augenwinkeln und schlurfte noch schwerfälliger zu seinem Sessel zurück. Er öffnete den Brief, von dem er sich nichts versprach, und begann zu lesen:

Lieber Peter!
Es war schön, mal wieder etwas von Dir zu hören, auch wenn Du nicht mehr bei unserer Truppe bist.
Dir hat es bestimmt zu lange gedauert, bis Du von mir etwas hörst, aber ich habe Dir in den letzten Monaten nicht geschrieben und auch nicht angerufen, weil es in Deiner Sache

nichts Neues zu berichten gibt. Von Michaela fehlt weiterhin jede Spur. Niemand in ihrer Heimatstadt hat sie gesehen oder nur von ihr gehört wie es scheint.

Auch wenn mein Chef schon ziemlich dumm aus der Wäsche guckt; ich bleib dran. Das bin ich Dir einfach schuldig. Schließlich war es damals Dein Tipp gewesen, mit dem ich Kretschmer dingfest machen konnte und dadurch zum stellvertretenden Leiter des Kommissariats wurde.

Ich melde mich, sobald sich etwas Neues ergibt. Tschüss, bis dann,

Dein Harald

Mist, dachte Peter Stettner, wieder nichts. Seit Jahren war ihm Harald Berger bei der Suche nach seiner Frau ein unermüdlicher Helfer. Er fühlte sich in Peters Schuld, seit er dank dessen Spürsinn besagtem Kretschmer, einem Serienvergewaltiger, auf die Spur gekommen war. Doch bislang waren all seine Bemühungen nutzlos geblieben. Peter legte den Brief zur Seite. Jetzt war sie schon seit mehr als sechs Jahren weg, und er hatte noch immer keine Spur von ihr gefunden. Verstehen konnte er es schon gar nicht, denn dieses Mal war sie freiwillig verschwunden. Nicht so wie damals, vor zwanzig Jahren.

Nun konnte Peter die Tränen nicht mehr zurückhalten und weinte minutenlang still vor sich hin, bis es an der Haustür läutete. Ihm war nicht danach Besuch zu empfangen – und schon gar nicht einen neuen Mitbewohner einziehen zu lassen. Er konnte aber unmöglich Verena und ihrem Freund den Zutritt verweigern.

Deshalb erhob er sich langsam, schlurfte zur Haustür und öffnete.

»Guten Tag, Verena, guten Tag, Herr Weimershaus«, sagte Peter und reichte den beiden die Hand.

»Hallo Onkel Peter«, grüßte Verena zurück und fragte sofort: »Geht's dir nicht gut?«

»Oh doch, es geht schon«, log Peter, aber man merkte ihm deutlich an, dass er am liebsten allein gewesen wäre.

»Onkel Peter, es macht mir nichts aus, Stefan zu helfen, seine Sachen ins Haus zu tragen«, erklärte seine Nichte deshalb schnell und fügte fürsorglich hinzu: »Leg dich doch ein bisschen hin; ich zeige Stefan alles.«

»Verena, dir kann man nichts vormachen. Mir geht es wirklich dreckig, ich muss heute tatsächlich meine Ruhe haben.«

»Ach, da wäre noch etwas. Kann Stefan sein Auto in den Hof fahren?«

»Klar doch, ich gehe schnell raus und fahr mein Auto ein Stück zur Seite; dann kann er seins daneben abstellen.«

»Ja, danke, Herr Stettner«, sagte Stefan, und Peter ging hinaus.

Als er ein paar Minuten später wieder hereinkam, verschwand er wortlos im Wohnzimmer und zog die Tür hinter sich ins Schloss.

Stefan und Verena gingen unterdessen mit den ersten beiden Koffern nach oben. Dort stellte Verena verwundert fest, dass Peter in der letzten Woche die Zimmer gründlich geputzt haben musste. Und das, wo er sich doch vorher schon seit Jahren geweigert hatte, sie überhaupt zu betreten.

»Das hätt ich jetzt nicht für möglich gehalten«, sagte Verena, und Stefan fragte sie irritiert: »Wieso? Ist dein Onkel denn so krank?«

»Körperlich ist er kerngesund. Wenn man mal davon absieht, dass er beinahe einen Zentner zu viel mit sich rumschleppt. Aber seelisch sieht es bei ihm sehr viel schlechter aus.«

»Was hat er denn?«

»Stefan, lass, ich erzähl dir ein andermal davon. Sehr viel weiß ich allerdings auch nicht.«

»Okay, ich geb mich erst mal geschlagen. – Ich wusste ja gar nicht, dass die Zimmer möbliert sind! Dann hätte ich das alte Klappbett von meinen Eltern nicht mitnehmen brauchen.«

»Ich wusste ehrlich gesagt auch nicht, wie es hier oben aussieht. Obwohl ich meinen Onkel ziemlich oft besuche. Genau genommen sogar öfters als meine Eltern. Aber Onkel Peter hat im Moment mal wieder eine schlimme Phase. Er braucht meinen Zuspruch. Na ja, räumen wir schnell ein und dann …«

Verena ließ den Satz unvollendet, aber Stefan hatte sie auch so verstanden. In Windeseile waren seine Siebensachen in der kleinen Wohnung verstaut, und anschließend wurde das Wiedersehen gefeiert. Dazu gehörte zwar auch eine Flasche Sekt, aber eine weitaus wichtigere Rolle spielte das Päckchen Kondome, das Stefan am Morgen kurz vor der Abfahrt aus Münster in einer Apotheke erstanden hatte …

2.

Vier Tage nach seinem Einzug hatte Stefan seinen Vermieter noch immer kaum zu sehen bekommen. Offenbar hatte er aber die Talsohle seiner depressiven Phase inzwischen durchschritten. Zumindest machte er auf Stefan, wenn er ihn denn einmal zu Gesicht bekam, einen freundlicheren Eindruck als am Anfang.

Stefan hatte noch einige freie Tage, bis er die Stelle in der Holzhandlung antreten konnte. Eines frühen Nachmittags kam er die steile Treppe ins Erdgeschoss hinunter. Er wollte gerade das Haus verlassen, da fuhr er vor Schreck zusammen, denn Peter sprach ihn unvermittelt wie aus dem Hinterhalt an: »Na, Stefan, gehst du zu Verena?«

»Ja«, antwortete er knapp und drehte sich zu Peter herum. »Oder haben Sie was dagegen?« Es klang frecher als beabsichtigt.

»Jetzt lass doch mal das blöde ›Sie‹ weg«, meinte Peter, der die kleine Spitze nicht bemerkt zu haben schien, und verdrehte die Augen.

»Entschuldigen Sie«, sagte Stefan, »aber mir geht das zu schnell. Im Moment ist mir noch das ›Sie‹ lieber.«

»Na, wenn du meinst«, sagte Peter kurz. Dann fragte er unzusammenhängend: »Glaubst du eigentlich an Gott?«

Was geht dich das an?, dachte Stefan zuerst ärgerlich, nahm sich dann aber zusammen. Schließlich war Peter

Stettner nicht nur sein Vermieter, sondern auch der Onkel seiner Freundin.

»Das ist gar nicht so leicht zu beantworten«, sagte er.

Er wollte gerade zur Haustür hinausgehen, als sein Vermieter fragte: »Hast du noch 'nen Moment Zeit? Dann komm mit ins Wohnzimmer und trink eine Tasse Kaffee mit mir.«

Was ist denn jetzt los?, dachte Stefan. Wahrscheinlich hatte der Mann einfach Redebedarf. Er erinnerte sich dann aber daran, was Verena ihm erst am Vorabend verraten hatte: Bei Peter Stettners Frühpensionierung sollte nicht alles mit rechten Dingen zugegangen sein. Er war quasi auf Weisung von »ganz oben« aus dem Polizeidienst entfernt worden. Seitdem wurde ihr Onkel immer sonderbarer.

Nur deshalb sagte Stefan so bereitwillig: »Okay, ich bin ohnehin etwas früh dran«, und folgte Peter ins Wohnzimmer, obwohl er eigentlich lieber gegangen wäre.

Sie nahmen am Wohnzimmertisch Platz, auf dem schon Kaffee und Kuchen bereitstanden. Verenas Onkel hatte dieses Treffen also offenbar geplant.

Peter fing Stefans verwunderten Blick auf und sagte: »Ich dachte, es sei an der Zeit, dass wir, wenn wir schon unter einem Dach wohnen, auch mal ein paar private Worte wechseln.«

»Keine Frage«, musste Stefan zugeben, »aber Sie waren sich ja sehr sicher, dass ich gerade jetzt Zeit für Sie habe …« Er blickte bedeutungsvoll auf den gedeckten Tisch.

»Na, auch wenn ich nicht mehr bei der Kripo bin, kann ich noch eins und eins zusammenzählen. Seit du hier wohnst, habe ich festgestellt, dass du jeden Tag früher weggehst, und ich weiß auch, dass Verena erst in einer knappen Stunde von der Arbeit kommt. – Also, was ist jetzt, glaubst du an Gott?«

Stefan konnte beim besten Willen nicht verstehen, was Verenas Onkel mit dieser Frage bezweckte. War ihm auf die Schnelle kein besseres Thema eingefallen, um mit ihm ins Gespräch zu kommen?

Deshalb beantwortete er die Frage so kurz und präzise, wie er konnte: »Das ist ziemlich schwierig zu erklären. Ich bin zwar durchaus religiös, aber ganz bestimmt kein fleißiger Kirchgänger.«

»Das bin ich auch nicht.«

Eigentlich hatte es Stefan bei der kurzen Erklärung bewenden lassen wollen, aber nun begann er, ein wenig erstaunt über sich selbst, seine Aussage zu präzisieren: »Es gibt Dinge zwischen Himmel und Erde, die für mich keine andere Erklärung zulassen, als dass eine höhere Macht, ich nenne sie Gott, existiert, die uns leitet und lenkt. Sie mögen diese Einstellung vielleicht für Unfug halten. Aber wenn Sie das erlebt hätten, was ich erlebt habe, dann könnten Sie auch zu keinem anderen Schluss kommen.«

»Habe ich gesagt, dass ich das für Blödsinn halte?«

»Nein.«

»Warum unterstellst du es mir dann?«

»Ich unterstelle es nicht; halte es nur für ziemlich wahrscheinlich«, verteidigte sich Stefan, »aus Erfahrung. Die meisten Leute halten meine Meinung für ausgemachten Unfug.«

»Deine Eltern auch?«

»Nein, denen bin ich nicht mal religiös genug.«

»Und Verena?«

»Nein, sie auch nicht.«

»Dann kennst du mit mir schon vier Leute, die dich verstehen. Aber was hast du denn erlebt?«

»Ach, nichts Besonderes«, sagte Stefan nach einem Blick

auf seine Armbanduhr ausweichend. Er musste nun doch bald los. Aber ehe er recht wusste warum, begann er trotzdem zu erzählen: »Ich bin vor wenigen Jahren mit meinem Auto im Harz unterwegs gewesen und habe ohne ersichtlichen Grund vor einer langgezogenen Linkskurve fast bis auf null abgebremst. Hätte ich das nicht getan, dann gäbe es mich heute vielleicht gar nicht mehr. Denn mir kam nur Sekundenbruchteile später ein anderer Wagen mit aberwitziger Geschwindigkeit entgegen. Der Fahrer hatte kaum noch Gewalt über sein Steuer und kam weit auf meine Seite. Hätte ich vorher nicht gebremst, ein Frontalcrash wäre unvermeidbar gewesen.«

»Du hast recht, Stefan, das ist ein sehr gutes Argument dafür, zum Glauben zu finden. Irgendwann werde ich dir vielleicht mal erzählen, warum ich innerhalb weniger Tage den Glauben verlor, ihn wiederfand und heute weniger als je zuvor weiß, was ich nun glauben soll. – Aber jetzt ist es doch ziemlich spät geworden.« Er bemerkte Stefans Ungeduld. »Beeil dich, dass du zu deiner Verena kommst.«

In der Tat, sie musste bald zu Hause sein.

»Mist, bis ich hingelaufen bin, glaubt sie bestimmt schon, ich komme nicht mehr.«

»Fahr doch mit dem Auto. Oder bist du so ein Ökofreak, der alles zu Fuß erledigt?«

»Nein, das ganz bestimmt nicht. Aber ich habe kaum noch Benzin im Tank und muss ziemlich sparen, bis ich mein erstes Gehalt bekomme.«

»Hast du denn keine Ersparnisse?«

»Ich war fast eineinhalb Jahre arbeitslos.«

»Leihen dir deine Eltern nichts? Verena hat angedeutet, dass du aus wohlhabendem Hause bist …«

»Meine Eltern anpumpen? Das ist unter meiner Würde.«

»Das find ich gut. Nimm dir noch ein Stück Kuchen und dann meinen Wagen.«

»Das mit dem Kuchen geht in Ordnung«, sagte Stefan und griff zu, »aber das Auto kann ich unmöglich nehmen.«

»Klar kannst du«, sagte Peter. »Ich bin der Grund dafür, dass du zu spät kommst; also muss ich dafür sorgen, dass der Schaden sich in Grenzen hält. Hier sind die Schlüssel.«

Bei diesen Worten zog er die Autoschlüssel zu seinem Mercedes A 170 CDI aus der Hosentasche und legte sie vor Stefan auf den Wohnzimmertisch.

»Kannst du Autos mit Automatik fahren?«

Stefan wusste Peters stichhaltiger Argumentation nichts entgegenzusetzen, und so antwortete er: »Klar, ich fahr ja selbst ein Automatik-Auto.«

»Na, dann tschüss und 'nen schönen Abend«, rief Peter über die Schulter zurück, während er das Kaffeegeschirr in die Küche hinübertrug.

Stefan, der noch immer Hemmungen hatte, einfach so Peters Wagen zu nehmen, stand einige Sekunden lang unschlüssig im Wohnzimmer herum.

Erst als Peter zurückkam und grinsend sagte: »Stefan, das geht schon in Ordnung, ich geb dir mein Auto gern«, gab sich Stefan einen Ruck und griff nach dem Schlüssel. Er bedankte sich noch einmal bei Peter und ging in den Hof hinaus, um mit dessen Auto zu Verena zu fahren.

Dieser Peter Stettner ist schon ein komischer Kauz – aber keinesfalls unsympathisch, dachte Stefan, während er den kleinen Diesel besonders sorgfältig einparkte. Hier, vor dem Hochhaus in der Altkönigstraße, waren die Parkplätze fast immer reichlich knapp. Beim Aussteigen winkte er voller

Vorfreude seiner Verena zu, die ihm von oben aus dem Küchenfenster zusah und zurückwinkte.

Da der unsägliche Aufzug des Hochhauses wieder mal kaputt war, musste er die drei Stockwerke bis zur Wohnung, die Verena mit ihrer Freundin Andrea Dehler teilte, zu Fuß hinaufsteigen. Ganz ausgepumpt kam er oben an, und noch bevor er klingeln konnte, öffnete ihm Verena.

»Was hast du denn mit meinem Onkel angestellt?«, fragte sie verwundert, anstatt ihn zu küssen.

»Wieso?«, war alles, was Stefan im ersten Moment herausbrachte, denn er war noch ganz außer Atem, dann trat er ein.

»Onkel Peter gibt sein Auto normalerweise nicht aus der Hand; noch nicht mal mir.«

»Ach, wir hatten ein sehr interessantes Gespräch«, antwortete Stefan geheimnisvoll und folgte Verena in ihr Zimmer, wo er sich dicht neben ihr auf der riesigen Sofaliege niederließ.

»Da musst du aber etwas ganz Besonderes zu ihm gesagt haben, denn mit seinem Auto war er schon immer etwas eigen. Seit seine Frau weg ist, hat er es keinem mehr anvertraut.«

»Ach, er war mal verheiratet?«

»Ja.«

»Und jetzt nicht mehr? Hat er sich scheiden lassen?«, bohrte Stefan nach.

»Nein, viel schlimmer. Seine Frau hat ihn von heute auf morgen verlassen. Warum, weiß keiner, er schon ganz und gar nicht; das macht ihn ja so fertig. Er hat nie aufgehört, sie zu suchen.«

»War er vielleicht ein schlechter Ehemann, untreu oder so?«

»Nein, wenn er ihr untreu gewesen wäre oder sie schlecht behandelt hätte, dann wäre mein Verhältnis zu meinem Onkel niemals so gut geworden, wie es heute ist. Es war eher das Gegenteil.«

»Sie war untreu?«

»Nein, so hatte ich das jetzt nicht gemeint. Peter hat seine Frau auf Händen getragen. Er ist sogar so etwas wie ein Held; ein etwas tragischer vielleicht.«

»Jetzt machst du mich aber neugierig.«

»Also gut. Ende der Achtziger, ich war noch ein Kind und hab nicht allzu viel davon mitbekommen, da muss er seine Frau, das heißt, damals war es noch seine Freundin, quasi im Alleingang aus den Händen von Entführern und Menschenhändlern befreit haben. Michaela, so heißt sie, war danach ein ziemliches Wrack, denn die Entführer hatten sie bis zur Halskrause mit Drogen vollgepumpt.«

»Das ist ja furchtbar … aber erzähl mal weiter.«

»Genaueres weiß ich auch nicht. Nur was damals in der Zeitung stand und was meine Eltern erzählt haben. Er selbst hat nie darüber gesprochen. Solange Michaela bei ihm war, hat jeder das mit Rücksicht auf sie akzeptiert. Aber kaum hatte sie ihn verlassen, das ist jetzt gut und gern sechs Jahre her, da hat die ganze Verwandtschaft ihn mit tausend Fragen gelöchert. Ich war die Einzige, die nur einmal gefragt und dann akzeptiert hat, dass er nicht darüber sprechen konnte. Vermutlich hat er deshalb zu mir als Einziger aus der Verwandtschaft den Kontakt nicht abgebrochen. Selbst mit seinen Eltern redet er schon einige Jahre nicht mehr. Seine Mutter war aber auch die Schlimmste von allen, was die Fragerei angeht. Ich kann ihn fast schon verstehen.«

»Aber mit seinen Eltern zu brechen …«

»Ja, das ist schon etwas zu hart, ich habe aber auch ›fast‹ gesagt.«

»Vielleicht können wir ihn ja überzeugen, sich wieder mit seinen Eltern zu versöhnen. Wenn ich ihn erst einmal besser kenne.«

»Da hab ich auch schon drüber nachgedacht. Schließlich feiert mein Opa bald seinen siebzigsten Geburtstag ... Aber lassen wir das jetzt lieber.«

»Also ich finde das ungeheuer spannend. Vielleicht erzählt er mir irgendwann davon.«

»Lass die Geschichte besser ruhen. Ich kann mir nicht vorstellen, dass er gewillt ist, irgendjemandem davon zu erzählen. Dazu müsstest du ihn schon so sehr beeindruckt haben ... Nein, das halte ich für ausgeschlossen. Aber damit du Ruhe gibst, erzähle ich dir das wenige, was ich weiß: Onkel Peter hat damals zuerst keinen Urlaub bekommen, und Michaela ist deshalb schon mal voraus nach Mallorca geflogen. Als Onkel Peter dann doch noch ein paar Tage freibekam, wollte er mit ihr telefonieren, und als er nichts von ihr hörte, ist er ihr nachgeflogen. Sie war verschwunden, und er hat dann auf eigene Faust dort unten ermittelt. Er hat gegen den Willen der dortigen Polizei ganz kräftig mitgemischt, und ohne Rückendeckung der deutschen Behörden. Das muss damals so viel Staub aufgewirbelt haben, dass er hier von der Kripo zur Schutzpolizei wechseln musste, als er wieder zurück war.«

»Und wie war das mit seiner Frühpensionierung?«

»Ach komm, jetzt reicht's«, meinte Verena, warf sich ungestüm auf ihren Freund und küsste ihn so leidenschaftlich, dass er in Sekundenbruchteilen Peter, Peters Frau und die ganze rätselhafte Geschichte vergaß.

In einer kleinen gemütlichen Gaststätte am Rande von Frankfurt-Zeilsheim saßen an diesem Abend, wie fast jeden Freitag nach Feierabend, Hans-Joachim Weber, Friedrich Trost und Johannes Stäler beisammen. Weber war der Inhaber der Holz- und Furnierhandlung Weber, Trost sein Geschäftsführer und Stäler der Verkaufsleiter des Unternehmens. Bei gutem Essen und meist auch etwas zu vielen alkoholischen Getränken besprachen die drei hier regelmäßig die Geschäftsergebnisse der Vorwoche und hielten Ausschau auf die kommende.

Weber, der im Betrieb die Funktion des Einkäufers erfüllte, war erst vor wenigen Tagen von einer fast zweiwöchigen Südamerikareise zurückgekommen. Dort hatte er an einer großen Holzversteigerung teilgenommen.

»Ich hab's geschafft«, sagte er zufrieden in die Runde und trank sein Weizenbierglas leer.

»Was denn?«, fragte Trost besorgt.

»Ich hab einen ganzen Container Rio-Palisander zu einem sagenhaft günstigen Preis ersteigert.«

Friedrich Trost, ein großer schmaler Mann, der schon deutlich auf die sechzig zuging, warf die Stirn in Falten und sagte bedächtig: »Ich will dein Verhandlungsgeschick auf keinen Fall in Abrede stellen, Hans. Aber Tropenholz in solchen Mengen? Meinst du, dass wir das überhaupt noch verkaufen können?«

»Das ist ja das Gute daran. Das Holz stammt aus einer ökologisch vertretbaren Holzwirtschaft und trägt sogar das internationale Öko-Siegel. Na, was meinst du, Johannes? Können wir das Holz verkaufen oder nicht?«

»Ja, das sollte gehen, kein Problem. Aber ohne den ökologischen Freibrief wäre es schwierig geworden. Da hat Friedrich vollkommen recht. Wie viel ist es denn insgesamt?«

»Es sind sage und schreibe fünfunddreißig Stämme Furnier mit jeweils einhundert bis einhundertfünfzig Quadratmetern. Dazu fast drei Kubikmeter Massivholz für Umleimer. Die ganze Lieferung hat einen Verkaufswert von gut einer halben Million Euro. Ich hab inklusive der Fracht nicht mal ein Viertel davon bezahlt.«

»Alle Achtung, das war ein gutes Geschäft«, bestätigte Johannes Stäler, und Friedrich Trost fragte lachend: »Ob ich es bis zu meiner Rente noch erlebe, dass dieser Posten ausverkauft wird?«

»Na, du bist doch erst achtundfünfzig«, sagte Hans-Joachim Weber, »bis zu deiner Rente hast du doch noch sieben Jahre Zeit. Prost, meine Herren!«

Weber nahm das frische Bierglas, das er soeben serviert bekommen hatte, zur Hand und trank auf das Wohl seiner Mitarbeiter. Es war schon sein viertes Glas, und deshalb tat er etwas, was er im nüchternen Zustand so vermutlich nicht getan hätte: Er sprach sehr offen über seine Pläne.

»Friedrich, Johannes, ihr wisst ja, dass ich zum ersten Juni einen neuen Mitarbeiter eingestellt habe. Ich glaube, der ist genau wie der Palisander ein echter Glücksfall für uns. Der junge Mann verfügt über ein sehr gutes Abitur, hat eine Ausbildung zum Schreiner gemacht und darüber hinaus auch noch Verkaufserfahrung. Ich habe mir nun Folgendes gedacht: Wenn wir ihn ganz behutsam aufbauen, könnte er vielleicht in sieben Jahren, wenn du, Friedrich, in Rente gehst, so weit sein, deinen Posten zu übernehmen.«

Weber schien – vermutlich aufgrund des Alkoholgenusses – nicht mitzubekommen, dass sein Verkaufsleiter Stäler, der bis dahin einen völlig entspannten Eindruck gemacht hatte, blutrot anlief und nach Luft schnappte. Er war sich im Geheimen sicher gewesen, dass Weber ihm zu gegebener Zeit den Posten des Geschäftsführers anbieten würde. Dass dieser ihm nun einen jungen Schnösel vor die Nase setzen wollte, ging ihm gewaltig gegen den Strich.

Erst als er hervorstieß: »Aber hat dieser Mann denn überhaupt eine kaufmännische Ausbildung?«, sah sein Chef zu ihm hin, ohne allerdings zu bemerken, wie aufgewühlt sein Mitarbeiter war.

»Nein, hat er nicht«, bestätigte er deshalb ruhig. »Ich habe mir das so gedacht, dass dieser junge Mann, er ist fünfundzwanzig Jahre alt, heißt Stefan Weimershaus und stammt aus Münster in Westfalen, von dir, Friedrich, alles lernen kann. Er hat die besten Anlagen dazu, das habe ich schon im Vorstellungsgespräch bemerkt. Nach einer kurzen Eingewöhnungszeit als ganz normaler Arbeiter nimmst erst einmal du, Johannes, ihn eine Zeit lang unter deine Fittiche, bevor er zu Friedrich ins Büro wechselt. Da er nicht nur in Sachen Holz über fundiertes Wissen verfügt, ist es nur recht und billig, dass er bei uns Karriere machen kann. Er wird das zu schätzen wissen. Und uns sicher ein paar Jahrzehnte erhalten bleiben. Ohne kaufmännische Ausbildung ist der Wechsel selbst innerhalb der Branche schwierig. Mir sind Praktiker, die auch das Holz und nicht nur ihre Zahlen lieben, ohnehin lieber als diese Theoretiker, die ein Stück Eichenholz nur am Preis von einem Buchenbrett unterscheiden können.«

»Ja, aber …«, begann Stäler.

»Ich weiß, was du sagen willst. Was ist, wenn er versagt? Auch darüber habe ich nachgedacht. Sollte er, aus welchen Gründen auch immer, unseren Erwartungen nicht voll und ganz entsprechen, habe ich einen zweiten Plan. Dann nehme ich ihn vier oder fünf Jahre lang mit auf Tour, er wird in sieben Jahren zum Einkäufer, und ich werde, bis meine Söhne alt genug sind, die Geschäftsleitung selbst übernehmen. Sollte auch das nicht klappen, entsteht uns noch immer kein Verlust, denn er fängt ja als Arbeiter bei uns an. Eine höhere Position habe ich ihm bislang nicht in Aussicht gestellt.«

Während Friedrich Trost zustimmend nickte, war für Johannes Stäler der Abend gelaufen. Er zog sich in sein Schmolleckchen zurück und beteiligte sich, wenn überhaupt, nur noch einsilbig am Gespräch seiner Kollegen. Auch im Essen, das ihm sonst immer vorzüglich schmeckte, stocherte er nur lustlos herum. Auf das sonst obligatorische Dessert verzichtete er dieses Mal sogar völlig.

Wenig später, die dralle Wirtin hatte die Teller noch nicht vollständig abgetragen, meinte er: »Mir ist nicht gut. Seid mir bitte nicht böse, aber ich habe Kopfschmerzen. Ich werde nach Hause gehen und mich hinlegen.«

»Klar, geh nur«, meinte Weber freundlich und kam gar nicht auf die Idee, dass das Unwohlsein seines Angestellten mit seinen Plänen zu tun haben könnte.

»Tschüss, bis Montag«, verabschiedete sich Stäler schlapp, und Weber rief ihm fröhlich nach: »Aber bitte nicht krank werden!«

Deine Pläne machen mich aber krank, dachte Stäler, unterließ jedoch wohlweislich jeden Kommentar und verließ das Lokal.

Stäler, der hier in Zeilsheim wohnte, hatte es nicht weit. Er brauchte nur auf der Pfaffenwiese etwa einhundert Hausnummern in Richtung Ortskern zu gehen und rechts einzubiegen, und er war zu Hause. Normalerweise war er in einer Viertelstunde da.

Aber an diesem Abend, die Dämmerung brach gerade

herein, war alles irgendwie anders. Während er sonst den Weg durch die frische Abendluft genoss, schlich er diesmal lustlos heim zu seiner Familie. Unterwegs murmelte er immerfort vor sich hin, und hätte ihm jemand zugehört, er hätte sofort bemerkt, dass Stäler stinksauer war. Denn wenn er die Äußerungen seines Chefs richtig deutete, war seine Position in der Firma auf alle Zeiten zementiert. An Aufstieg war wohl nicht mehr zu denken. Er dachte an seine Hausbaupläne, die er noch gestern mit seiner Frau besprochen hatte. Die Wohnung in dem Mehrfamilienhaus würde für sie und die zwei Kinder bald zu klein sein.

»Hätte ich den teuren Sportwagen nur nicht gekauft«, murmelte er vor sich hin. Gerade in diesem Moment stellten sich ihm an einer schlecht ausgeleuchteten Straßenecke zwei bösartig aussehende Gestalten in den Weg.

Das Auftreten der beiden Männer war martialisch. Einer von ihnen spielte mit seinem Springmesser, während der andere ihn mit stechendem Blick anstarrte und ihn breit angrinste, mit einem Pferdegebiss, in dem zwei Schneidezähne fehlten.

»Dein Chef hat etwas, das uns gehört«, sagte der mit dem Messer. »Das wollen wir wiederhaben.«

»So, was denn?«, fragte Stäler ängstlich.

»Einen Container voll Palisander-Furnier. Der war absolut nicht für ihn bestimmt. Er gehört unserem Chef. Er hat viel dafür bezahlt, dass er ihn bekommt, und dann gibt dieser blöde Auktionator …«

Der zweite, vermutlich etwas klügere der beiden Ganoven stieß seinem Kollegen ziemlich unsanft in die Seite und raunte ihm zu: »Halt's Maul, du Idiot.«

Diese kleine Irritation nutzend, warf Stäler ein: »Aber der Container ist doch noch gar nicht da.«

»Das wissen wir auch«, sagte nun der Gauner mit dem Messer, »aber wenn er da ist, dann sorgst du dafür, dass wir ihn bekommen …«

»… und das geht so«, mischte sich nun wieder der weniger Beschränkte ein, »du sorgst ganz einfach dafür, dass nachts das Alarmsystem aus und das Hoftor offen ist. Wir kommen mit einem LKW, und schwupp ist der Container fort.«

»Das kann ich doch nicht machen.«

»Und wie du das kannst«, erklärte ihm nun wieder der mit dem Messer und ließ, um seine Erklärung überzeugender wirken zu lassen, das Messer zwei, drei Mal auf und zu schnappen.

»Aber …«, wagte Stäler noch einen schwachen Versuch des Widerspruchs, aber der mit dem Pferdegebiss würgte jede Gegenwehr ab, indem er sagte: »Denk immer daran, wir sind gut informiert. Wir wissen zum Beispiel, dass du eine blutjunge Frau hast, die erst vor wenigen Wochen zwei süße Buben geboren hat. Du willst doch sicher, dass sie sich auch in Zukunft ihrer Gesundheit erfreuen, oder? Falls nicht, dann wehr dich oder lehne ab. Außerdem hast du, wie wir aus sicherer Quelle wissen, selbst ein Hühnchen mit deinem Chef zu rupfen.«

»Woher …?«

»Wir wissen alles.«

»Das glaub ich auch bald. Aber ich kann doch nicht selbst …«

»Wie ich schon sagte, wir wissen alles. Wir wissen auch, dass du in den nächsten Tagen Konkurrenz um den Aufstieg in der Firma bekommst.«

»Woher …«, stammelte Johannes Stäler, und der Messermann fuhr ihn an: »Geht dich nichts an, hör lieber zu.«

»Schau mich an«, sagte der andere. »Wie du es machst, ist uns egal, aber schieb deinem Konkurrenten doch einfach die Sache in die Schuhe. Dann hast du gleich drei Fliegen mit einer Klappe geschlagen. Du hast dich an deinem Chef gerächt, du hast dir den unbequemen Kollegen vom Hals geschafft, und wenn alles glattgegangen ist, liegen ein paar Tage später auch noch fünftausend Euro in deinem Briefkasten.«

»Das klingt alles sehr überzeugend, aber …«

»Was heißt da aber? Es gibt kein Aber.«

»Aber was ist, wenn etwas schiefgeht?«

»Es darf nicht schiefgehen. Morgen Abend um zweiundzwanzig Uhr dreißig rufe ich dich an, und du sagst nur ja oder nein. Wenn du dich allerdings für das Wörtchen ›nein‹ entscheidest, würde ich an deiner Stelle auf den Mond oder besser noch weiter weg ziehen. Dann gnade deiner Familie Gott, wir werden es bestimmt nicht tun.«

»Und wenn ich mich entschließe mitzumachen?«

»Dann machen wir es so: Wir beobachten die Firma. Wenn der Container gekommen ist, nehmen wir Kontakt mit dir auf, und du sagst, an welchem Tag und zu welcher Stunde wir die Ware abholen können. Du arrangierst, dass wir rein- und wieder rauskönnen, alles andere ist unsere Sache.«

Stäler wollte noch etwas fragen, aber die beiden zwielichtigen Gestalten drehten sich auf dem Absatz um und eilten davon. Kurz darauf waren sie um die nächste Straßenecke verschwunden. Mit einem Mal wurde es ihm schwindelig, und er musste sich für einen Moment auf eine Gartenmauer setzen.

Er stützte seinen Kopf in beide Hände. In was für ein Schlamassel war er da nur hineingeraten? Woher kamen diese Typen? Der mit dem Pferdegebiss kam ihm vage bekannt vor. Hatte er vorhin im Gasthaus gesessen? Waren sie ihm von dort aus gefolgt?

Unterdessen war es vollkommen dunkel geworden, und während er auf dem Mäuerchen saß, begann es in seinem Kopf zu arbeiten. Deshalb also hatte sein Chef die Furniere so preiswert bekommen. Ein anderer hatte den Auktionator bestochen, den Zuschlag äußerst günstig an einen Strohmann zu geben, der den ganzen Container ersteigern sollte. Da Weber vermutlich der einzige weitere Bieter war, der um den ganzen Container mitsteigerte, war der Auktionator wahrscheinlich einem Irrtum erlegen.

Plötzlich begann Stäler Gefallen an der Vorstellung zu finden, Weber diese Demütigung heimzuzahlen und diesen Mann, der ihm den wohlverdienten Aufstieg streitig machte, loszuwerden. Dass er dabei dann auch noch etwas verdienen konnte, rundete das Ganze geradezu perfekt ab.

Stäler erhob sich langsam und ging mit immer schnelleren Schritten nach Hause. Unterwegs hob sich seine Stimmung mehr und mehr, und als er in seine Straße einbog, pfiff er sogar leise vor sich hin.

3.

Endlich war es so weit. Stefan startete sein Auto und fuhr nach Frankfurt-Unterliederbach, um den neuen Job anzutreten. Er kam zehn Minuten vor Arbeitsbeginn dort an, und als er das riesige Firmengelände betrat, kam sein Chef ihm bereits entgegen.

»Ah, guten Morgen, Herr Weimershaus! Gut, dass Sie so zeitig da sind! Zuverlässigkeit zählt neben der Ehrlichkeit zu den wichtigsten Charaktereigenschaften, die meine Mitarbeiter haben sollten. Wenn Sie ordentlich arbeiten und loyal zur Firma stehen, erwartet Sie bei Ihrer Vorbildung in meinem Unternehmen eine glänzende Zukunft.«

Stefan wusste gar nicht, wie ihm geschah. So viele Vorschusslorbeeren machten ihn verlegen. Deshalb sagte er nur: »Ich werde mich bemühen, Ihre Erwartungen zu erfüllen.«

»Na, dann gehen Sie mal in die Halle und machen sich mit Ihren neuen Kollegen bekannt. In der Frühstückspause kommen Sie bitte ins Büro, damit wir die letzten Detailfragen klären können.«

»Ja, danke, Herr Weber! Bis später«, sagte Stefan nur und ging dann zu der größeren der beiden Lagerhallen hinüber, wo inzwischen alle in Lager und Verkauf beschäftigten Kollegen versammelt waren: die drei Arbeiter, die zusammen mit den vier Verkäufern vier Verkaufsteams bildeten; die sogenannten praktischen Führungskräfte: der Lagermeister, sein Assistent und der Verkaufsleiter; schließlich der Geschäftsführer, der gerade aus dem Büro herüberkam, um Stefan im Unternehmen zu begrüßen und in sein Team einzuweisen. Denn Stefan sollte den vierten Arbeiter, der in Rente gegangen war, ersetzen. Dabei erfuhr er, dass jeder Arbeiter und jeder Verkäufer noch eine andere Aufgabe im Betrieb hatte. In Stefans Fall hieß das, er sollte, wenn keine Arbeit im Verkauf zu erledigen war, die Leute im Fuhrpark unterstützen. Das beschränkte sich nicht nur auf kleinere Auslieferungsfahrten mit einem der Dreieinhalb-Tonnen-Lieferwagen, er war auch weitgehend selbstständig für kleinere Wartungs- und Reinigungsarbeiten am Fuhrpark zuständig. Das war ein Job ganz nach Stefans Geschmack.

Weniger erfreute ihn dagegen, dass der Verkaufsleiter Johannes Stäler ihn offenbar nicht sonderlich gut leiden konnte und davon gleich eine Kostprobe zum Besten gab. Denn Stefan hatte sich noch nicht einmal bei allen neuen Kollegen vorgestellt, da blaffte Stäler ihn auch schon an: »Herr Weimershaus, Sie sind nicht zum Schwatzen hier, sondern um zu arbeiten. Im Moment ist im Verkauf noch nicht allzu viel los, gehen Sie raus zu den Truckern und fragen Sie, ob die Wagen gewaschen werden sollen. Und Sie, Herr Schröder«, sprach er einen zweiten Arbeiter an, »gehen mit ihm und weisen ihn ein. Wenn es hier mehr wird, rufe ich Sie.«

Stefan und Klaus Schröder verließen zusammen die Halle.

Während sie sich der Baracke näherten, in der die Fahrer der beiden Dreißig-Tonnen-Lastzüge saßen, wenn sie nicht unterwegs waren, stellte Klaus fest: »Der Stäler ist ja oft schlecht gelaunt, aber das eben war nun wirklich übertrieben. 'Ne halbe Stunde, um sich allen vorzustellen, lässt er sonst jedem. Zumindest wenn noch nichts los ist. Hast du dem was getan?«

»Ich? Nichts. Wann hätte ich ihm was tun sollen?«

»Das ist wahr. Dann hat es bestimmt mit dem Gerücht über dich zu tun, das seit Wochen in der Firma rumgeht.«

»Welches Gerücht denn?«

»Ich halt mich da besser raus, bevor ich noch Ärger bekomme.«

»Nein, jetzt hast du mir gegenüber Andeutungen gemacht, also musst du mir auch sagen, worum es geht.«

»Also gut. Aber sag niemandem, dass du es von mir hast.«

»Bestimmt nicht, aber was um Himmels willen wird über mich erzählt?«

»Nichts Schlimmes. Nur, dass der Chef noch viel mit dir vorhat.«

»Was soll denn das schon wieder bedeuten?«

»Genaues weiß ich nicht, aber so viel steht fest: Stäler sieht in dir einen Konkurrenten.«

Stefan verschlug es für einen Moment die Sprache, dann sagte er achselzuckend: »Na ja, er wird schon noch merken, dass ich nicht sein Konkurrent sein will. Karriere machen ist ohnehin nicht so mein Ding. Ich bin im Grunde schon damit zufrieden, wenn ich es eines Tages zum Verkäufer bringe.«

Klaus starrte seinen neuen Kollegen ungläubig an: »Die Kollegen haben gehört, du hättest Abitur?«

»Ja schon, aber ich gehe damit nicht hausieren. Wenn ich karrieregeil wäre, hätte ich studiert. Die Noten dazu hatte ich allemal. Außerdem hat mir gegenüber niemand etwas Derartiges gesagt. – Ach so, halt, der Chef hat heute Morgen eine Andeutung in dieser Richtung gemacht. Da dachte ich noch, das gehört zum Begrüßungsritual.«

»Na ja, Stäler wird mit der Zeit begreifen, dass du ihm das Wasser nicht abgraben willst. Er wird sich schon wieder beruhigen. Hoffen wir, dass es nicht zu lange dauert. Er kann uns das Leben nämlich ganz schön zur Hölle machen.«

Stefan und sein Kollege hatten die Truckerbaracke noch nicht ganz erreicht, als ihnen einer der LKW-Fahrer entgegenkam und erklärte: »Stäler hat gerade angerufen. Ihr sollt sofort zurück in die Halle kommen. Herr Rösner, der Inhaber einer Großschreinerei aus Königstein, hat sein Kommen angekündigt. Er will mehrere Paletten Furnier kaufen. Alle Mann werden zum Umstapeln der Ware gebraucht. Ihr sollt euch beeilen, der Schreiner wird jeden Moment erwartet.«

»Siehst du, das habe ich gemeint«, sagte Klaus, während Stefan und er zur Halle zurückgingen. »Stäler wusste das bestimmt schon, als er uns rausschickte. Aber wenn er meint, dass ihm jemand ans Bein pinkeln will oder er sauer auf jemanden ist, dann bringt der solche Sachen. Er kann dabei ganz schön fies werden.«

Na prima, dachte Stefan und folgte seinem Kollegen, der immer schneller wurde.

Sie waren noch nicht ganz bei der Halle angekommen, da rauschte der Mercedes des Schreinermeisters auf den Hof.

Klaus und Stefan begleiteten den Kunden in die Lagerhalle, wo sie schon von den anderen Verkaufsteams erwartet wurden. Die Bedienung dieses Kunden, der für einen beträchtlichen Umsatz sorgte, beschäftigte drei der Verkaufsteams nahezu den ganzen Arbeitstag. Als Stefan sich um sechzehn Uhr dreißig in sein Auto setzte, um nach Hause zu fahren, war er zwar ziemlich geschafft, aber im Großen und Ganzen mit sich zufrieden.

Im Hafen von Rotterdam wurde unterdessen ein Containerschiff erwartet, das unter anderem einen riesigen Container mit Palisander-Furnieren für die Holzhandlung Weber geladen hatte. Hätte Stefan geahnt, was sich da hinter seinem Rücken zusammenbraute, er hätte wohl kaum so zuversichtlich seinen Heimweg angetreten.

So aber kam er fröhlich pfeifend zu Hause an, stellte seine Arbeitstasche in die Ecke seiner kleinen Küche, winkte Peter kurz zu und machte sich auf den Weg zu Verena. Von unterwegs hatte er ihr einen riesigen Blumenstrauß mitgebracht, und nun freute er sich auf einen schönen Abend. Sie wollten ihn in Verenas Stammpizzeria in der Frankfurter Straße verbringen.

Es wurde genau der romantische Abend bei Kerzenschein, den die beiden sich erträumt hatten, und er endete, wie hätte es anders sein können, damit, dass sie die Nacht gemeinsam bei Verena verbrachten.

Während die beiden sich lustvoll im Bett wälzten, verbrachten auch Johannes Stäler und seine Frau eine schlaflose Nacht. Jedoch war in dem Fall reichlich wenig Lust im Spiel. Es waren Unruhe und Sorge, die sie nicht schlafen ließen. Frau Stäler, die zehn Jahre jünger als ihr Mann war, war aufgefallen, dass er sich seit Freitagabend, als er so ungewöhnlich euphorisch aus der Gaststätte nach Hause gekommen war, total verändert hatte. Nicht einmal eine Stunde später war er in dumpfes Brüten verfallen und seitdem griesgrämig und bedrückt durch die Gegend gelaufen.

Als sie am Samstagvormittag zusammen einkaufen waren, hatte er sogar einem anderen Autofahrer die Vorfahrt genommen und sich anschließend lautstark mit seinem Kontrahenten gestritten. Solche Entgleisungen, zumal wenn er im Unrecht war, kamen sonst nie vor. Als er dann am späten Samstagabend einen mysteriösen Anruf entgegengenommen hatte, war es schließlich ganz aus gewesen. Danach war er so nervös und fahrig geworden, wie sie ihn in ihrer nun schon mehr als drei Jahre währenden Ehe noch nie erlebt hatte. Auch in dieser Nacht schlief er kaum, obwohl er genau das vorgab zu tun. Petra Stäler merkte sehr genau, dass ihrem Mann ein zentnerschweres Problem auf der Seele lag, er sie aber nicht damit belasten wollte. Sie konnte nur vermuten, dass es mit der von ihm flüchtig erwähnten neuen Konkurrenzsituation in der Firma zu tun hatte.

Würde er mich doch nur in seine Gedanken und Ängste einbeziehen!, dachte sie, während sie hellwach neben ihm lag. Aber ich weiß ja, wie er ist. Immer versucht er alles mit sich selbst auszumachen.

Hätte sie geahnt, dass ihr Mann gerade in diesem Augenblick einen ziemlich fiesen Plan fasste, wie er seinen neuen Kollegen Stefan Weimershaus ausbooten konnte, sie wäre entsetzt gewesen.

An Stefans zweitem Arbeitstag war Stäler ausgesprochen friedlich. Dass dies nur zur Tarnung geschah, ahnte Stefan nicht. So verging die Arbeitswoche wie im Fluge, ohne dass er auch nur einmal schikaniert wurde, und als sie sich ihrem Ende neigte, glaubte Stefan sich bereits gut an seinem neuen Arbeitsplatz eingearbeitet zu haben.

An seinem ersten Wochenende machte Stefan mit Verena einen Ausflug nach Waldeck an den Edersee. Sein Wiedereinstieg ins Berufsleben nach endlosen eineinhalb Jahren Arbeitslosigkeit musste gebührend gefeiert werden. Es wurde ein richtiges Liebeswochenende, an dem sie alles nachholten, was sie im Frühling, als sie sich über einen Monat lang nicht sehen konnten, versäumt hatten.

Am nächsten Montag hätten sie um ein Haar verschlafen. Da sie erst spät in der Nacht zurückgekehrt waren und Verena vergessen hatte, den Wecker zu stellen, war es fast schon ein Wunder, dass Stefan noch rechtzeitig zur Arbeit kam. Stäler war schon da, er war wie immer der Erste im Betrieb. Heute Morgen um Viertel nach sieben hatte er den Container mit Palisander in Empfang genommen, der aus Rotterdam angeliefert worden war. Als Stefan und die anderen Mitarbeiter kurz vor acht eintrafen, sahen sie nur noch die Rücklichter des sich entfernenden LKW.

Auf dem Weg zur Lagerhalle betrachtete Stefan den an der Hofmauer abgestellten Container. Das ist aber ein Riesengerät, dachte er. Da stecken also die vielen und teuren Palisanderstämme drin. Ich freu mich schon aufs Umstapeln. Rio-Palisander ist das schönste Holz, das ich kenne.

In der Lagerhalle wurde Stefan von seinen neuen Kollegen und besonders von Klaus Schröder herzlich begrüßt. Anschließend begannen die beiden, angeleitet durch einen weiteren erfahrenen Kollegen, Ware für die freiberuflichen Verkaufsfahrer zu kommissionieren. Die Verkaufsfahrer luden zwei mal wöchentlich ihre VW-Busse bis unters Dach mit Furnier voll und grasten damit die Schreinereien der näheren und weiteren Umgebung ab.

Während Stefan zufrieden, ja fast schon glücklich seiner neuen Arbeit nachging, wählte Stäler in seinem Büro zögernd die Nummer vom Zollamt. Er hatte ein mulmiges

Gefühl, und als sich die Stimme am anderen Ende der Leitung meldete, saß ihm solch ein Frosch im Hals, dass er mehr krächzte als sprach: »Guten Tag, hier ist Stäler von der Furnierhandlung Weber in Unterliederbach. Wir haben einen Überseecontainer bekommen. Wann können Sie denn vorbeikommen, um das Zollsiegel zu entfernen?«

Stäler fürchtete, dass der Beamte gleich am nächsten Tag kommen wollte und er sich verdächtig machte, wenn er auf den Mittwoch bestünde.

Aber zu seiner Freude erklärte der Beamte: »Wir haben im Moment so viel zu tun. Reicht es Ihnen, wenn das Siegel am Donnerstag früh entfernt wird?«

»Nein, das geht auf keinen Fall. Morgen wäre gut.«

»Dienstag, nein, das geht bei uns nicht. Aber ich könnt Sie Mittwochnachmittag reinschieben.«

»Dienstag geht nicht?«

»Nein, auf gar keinen Fall. Aber warten Sie, ich sehe gerade, dass Mittwochvormittag um zehn einer unserer Leute bei Ihnen in der Nähe ist; er kommt anschließend. Ist Ihnen das recht?«

»Muss es wohl. Okay, Mittwochvormittag. Danke und tschüss.«

Stäler verabschiedete sich schnell von dem Beamten und legte den Hörer erleichtert auf die Gabel. Diese Klippe war umschifft. Und das nicht einmal schlecht.

Er lehnte sich zurück und sah auf die Uhr: schon neun – Frühstückspause.

Stäler nahm das Frühstücksbrot aus seiner Aktentasche und biss herzhaft hinein. Da läutete auf einmal das Telefon auf seinem Schreibtisch. Augenblicklich brach ihm der Schweiß aus, denn er dachte daran, dass die dubiosen Gestalten gesagt hatten, sie würden sich zu gegebener Zeit bei ihm melden. Seine

Beine weigerten sich fast, ihn zu tragen, als er aufsprang, um die Bürotür zu schließen. Mit letzter Kraft wankte er zurück zum Schreibtisch, ließ sich auf den Bürostuhl fallen und griff mit zittriger Hand nach dem Hörer. Insgeheim hoffte er noch immer aus diesem Albtraum aufzuwachen.

»Hallo?«

»Sie wissen, wer hier ist?«, schallte es ihm entgegen, und Stäler hatte das Gefühl, dass jeder in der Firma das Gespräch laut hören konnte.

»Ja.«

»Also wann?«

»Morgen am späten Abend. Beobachten Sie ab einundzwanzig Uhr die Firma. Eine halbe Stunde, nachdem der letzte Mitarbeiter gegangen ist, können Sie laden.«

»Okay«, kam es ebenso knapp wie zuvor aus dem Hörer; dann brach die Verbindung ab.

Mit immer noch zitternden Knien stand Stäler auf, wischte sich den Schweiß von der Stirn und ging, jetzt, da die Würfel gefallen waren, mit wieder festerem Schritt den Gang hinunter. Er betrat das Vorzimmer seines Chefs und begrüßte schon wieder fast fröhlich die Chefsekretärin. Und als er selbstbewusst zu Weber an den Schreibtisch trat, wäre niemand mehr auf die Idee gekommen, dass er noch vor wenigen Augenblicken vor Angst gezittert hatte. Mit geradezu traumwandlerischer Sicherheit lehnte er sich an den Schreibtisch und sagte: »Chef, ich müsste mal für zwei Stunden weg. Ist das möglich?«

»Klar doch, kein Problem. Im Moment liegt nichts Dringendes an. Leite doch, wenn du gehst, deine Telefonate zu mir ins … Ach nein, das geht ja nicht. Ich muss in der nächsten halben Stunde auch weg. Na, dann soll doch der Anrufbeantworter das mal machen.«

»Find ich nicht so gut, Boss.«

»Ich auch nicht. Aber Friedrich hat heute und morgen Urlaub. Wem könnten wir …«

»Was hältst du von …«

»Genau, Herr Weimershaus soll Telefondienst machen. Da kann er sich schon mal bewähren.«

»Meinst du … na ja, doch, das ist eine gute Idee, Hans-Joachim«, sagte Stäler. Wunderbar, dachte er, ich brauche es nicht mal selbst vorzuschlagen. Und dass der Boss nachher weg will; einfach perfekt. Brauch ich mir nicht mal was einfallen zu lassen, wie ich ihn eine Zeit lang vom Telefon wegbekomme.

Während Stäler sich zur Tür wandte, sagte er scheinheilig: »So, ich geh dann mal. Spätestens zum Ende der Mittagspause bin ich wieder zurück. Ach ja, bevor ich es vergesse, ich hab schon mit dem Zoll telefoniert. Die wollten uns erst einen Termin für Donnerstag geben. Ich habe das nicht akzeptiert. Jetzt kommen sie Mittwoch um zehn.«

»Morgen ging's nicht?«

»Nein, ich hab's probiert, aber der Mann am Telefon sagte, da hätten sie schon alles voll.«

»Na ja, gut. Mittwoch um zehn, das geht auch noch.«

»Ja, Chef«, sagte Stäler und ging, gerade so, als ob nichts wäre, zur Tür hinaus.

Als er über den Hof und zu seinem Auto ging, das wie meistens am Bahnhofsparkplatz stand, grinste er, rieb sich die Hände und murmelte: »Na, das klappt ja wie am Schnürchen.«

Nur wenige Augenblicke später kam Weber in die Halle hinaus, nahm Stefan auf die Seite und erklärte ihm: »Herr Stäler ist bis zur Mittagspause nicht da. Herr Trost hat Urlaub, und ich muss auch gleich noch mal in einer dringenden Angelegenheit weg. Meine Sekretärin verfügt nicht über die Fachkenntnisse, um Kunden zu beraten. Es wäre gut, wenn jemand an Herrn Stälers Telefon geht, der das kann. Deshalb bitte ich Sie, das bis zur Mittagspause zu übernehmen. Herr Weimershaus, trauen Sie sich das schon zu?«

Stefan, der ein solches Angebot keinesfalls schon in seiner zweiten Arbeitswoche erwartet hätte, sagte mit gemischten Gefühlen zu und ging mit Herrn Weber zum Büro hinüber. Sein Chef zeigte ihm, wie er am Computer die Bestandslisten abrufen konnte, und verabschiedete sich dann von ihm.

»Keine Scheu, Sie schaffen das schon. In zwei Stunden ist Mittagspause, bis dahin bin ich bestimmt wieder zurück. Wenn Sie sich mit irgendetwas nicht sicher sind, ist das kein Beinbruch. Dann sagen Sie einfach, der Anrufer soll sich nach Mittag noch einmal melden. Okay?«

»Okay, alles klar«, bestätigte Stefan und war nur eine Minute später bereits mit dem Telefon allein.

Es dauerte auch gar nicht lange, da klingelte es zum ersten Mal. Ein Kunde aus dem Vogelsberg wollte wissen, ob er tausend Quadratmeter Eichen- sowie tausend Quadratmeter Blindfurniere innerhalb der nächsten drei Tage geliefert bekommen könnte. Stefan sah in den Listen nach, erkannte, das alles am Lager war, und rief über die Hausleitung bei den Truckern an. Als diese ihm bestätigten, dass für diesen Mittwoch eine Fahrt in den Vogelsberg geplant und der Wagen noch halb leer war, sagte Stefan dem Schreiner die Lieferung kurzerhand zu.

Stefan war etwas nervös und fragte sich, ob er ohne Rücksprache mit den Vorgesetzten so einfach hätte zusagen dürfen, aber dann dachte er: Wenn man in dieser Firma noch so viel mit mir vorhat, dann darf ich davon ausgehen, dass mein Chef mir vertraut und von mir Selbstständigkeit erwartet. Also nicht zögerlich sein! Es wird schon alles gut gehen.

Dann blieb das Telefon längere Zeit still. Erst als Stefan nach einem Blick auf seine Armbanduhr dachte: In zwanzig Minuten habe ich es überstanden, läutete es erneut.

»Furnierhandlung Weber, Weimershaus am Apparat«, meldete er sich und fand, dass das gut klang.

»Hier ist Arthur Meier von der Großschreinerei Meier und Glöckler in Koblenz«, schallte es ihm lautstark aus dem Hörer entgegen.

»Was gibt's denn, brauchen Sie Furnier oder Massivholz?«, fragte Stefan freundlich, und sein Gesprächspartner sagte: »Beides. Wie, sagten Sie, heißen Sie? Wei…?«

»Weimershaus.«

»Ah ja. Sind Sie neu bei Weber?«

»Ja, noch ganz neu. Aber vielleicht kann ich Ihnen trotzdem weiterhelfen. Um welche Größenordnung geht es denn?«

»Jeweils eine Palette Black Cherry und Amerikanisch Nussbaum Furnier. Außerdem mehrere Stämme Schweizer Birnbaum Furnier. Passend zu allem Massivholz in vierzig und zweiundfünfzig Millimetern Stärke; von jeder Stärke mehrere Stämme. Ach ja, und in allen drei Holzarten noch Mittelbohlen in Leistenqualität.«

Stefan musste erst einmal schlucken. Das war ja ein gigantischer Auftrag. Dafür konnte man einen LKW extra hinschicken.

»Junger Mann, hat's Ihnen die Sprache verschlagen? – Na, was ist, haben Sie alles am Lager?«

»Ja, ja«, beeilte sich Stefan nach einem Blick in den Computer zu versichern, »es ist alles vorhanden. Wann können wir es Ihnen denn liefern?«

»Nee, nee, junger Mann, so läuft das nicht. Ein Meier kauft nichts ungesehen. Man merkt, dass Sie noch neu im Geschäft sind. Sonst würden Sie mich kennen.«

»Okay, kommen Sie vorbei. Am besten wäre es vielleicht am Donnerstag. Man hat mir gesagt, da wäre es im Lager etwas ruhiger. Dann können wir uns mehr Zeit für Sie nehmen.«

»Ist ja schön, dass Sie mitdenken, aber ich komme nur abends. Da muss dann eben mal jemand länger dableiben. Ich komme am besten morgen Abend. Um fünf fahr ich in Koblenz los. Wenn ich gut durchkomme, bin ich um sieben bei Ihnen.«

»Moment bitte, da muss ich erst nachfragen, ob das geht.«

»Frag nicht lang, sag zu. Ich hab schließlich nicht ewig Zeit. Na gut, zwei Minuten. Wenn ich dann nichts höre, geh ich zur Konkurrenz.«

Stefan legte den Hörer neben den Apparat und spurtete los. Zuerst zum Büro des Geschäftsführers. Doch dann fiel ihm ein, dass der ja Urlaub hatte. Also weiter zum Chefbüro. Auch dort herrschte inzwischen gähnende Leere, da die Mittagspause angefangen hatte. Vermutlich war die Sekretärin in den nahen Supermarkt gegangen.

Da, wie Stefan es befürchtet hatte, der Chef noch nicht zurück war, konnte er niemanden fragen, was er zu dem Kunden sagen sollte. Weil es sich aber um ein riesiges Geschäft handelte, das ihnen durch die Lappen zu gehen drohte, tat er das einzig Mögliche – er sagte zu.

Nicht einmal zwanzig Minuten später trafen alle ein. Zuerst, mit Einkaufstüten bepackt, die Chefsekretärin, dann Johannes Stäler und zu guter Letzt der Chef.

Stefan berichtete ihnen von dem ersten Verkauf, den er getätigt hatte, und alle lobten ihn dafür, wie er die Lieferung in den Vogelsberg gemanagt hatte. Allen voran Stäler. Dadurch ermutigt, erzählte Stefan dann von seinem Gespräch mit Meier und dessen ungewöhnlichen Terminvorstellungen.

»Ja, ja, das ist typisch Meier«, brummte Stäler, und Weber grinste, als er fragte: »Sie haben sich doch hoffentlich nicht darauf eingelassen?«

»Doch. Er wollte sonst zur Konkurrenz gehen.«

»Wenn Sie hart geblieben wären, wäre er auch am Tag gekommen. Das mit der Konkurrenz erzählt der jedes Mal. Sie müssen wissen, Meier ist ziemlich dick, und wenn Sie andeuten, dass abends unter Umständen nicht genug Leute zum Umstapeln da sind, hat er Angst, dass er selbst mitanpacken muss. Sie glauben gar nicht, wie gern der dann auch tagsüber kommt.«

»Das hätte ich vorher wissen müssen, dann hätte ich nicht zugesagt. Aber es ging immerhin um einen Auftrag von gut und gern fünfundzwanzigtausend Euro.«

»Das ist wahr, und im Grunde haben Sie alles richtig gemacht. Aber jetzt müssen wir erst einmal sehen, dass wir ein Team zusammenbekommen, das ihn bedient. Bei ihm kann das lange dauern. Richten Sie sich schon mal darauf ein, dass Sie morgen Abend nicht vor elf Uhr hier rauskommen. Johannes, wie sieht es aus, willst du das Team leiten?«

»Wollen schon. Aber ich hab doch morgen und übermorgen frei. Ich muss morgen zu meinem Schwager nach Großen-Buseck fahren, und es kann spät werden. Leider klappt es bei mir nicht.«

»Oh Schei…, dann wird's langsam eng«, brummte Weber. »Johannes, geh raus und suche Freiwillige. Wenn's sein muss, bietest du an, dass diejenigen, die Meier bedienen, am Mittwoch freimachen können.«

Als Stäler eine gute halbe Stunde später wieder ins Chef-Büro zurückkam – Stefan war inzwischen längst zurück in der Lagerhalle –, sagte er scheinbar niedergeschlagen: »Ich habe gerade mal drei Freiwillige gefunden. Wer soll denn …«

»Na, lassen Sie mal«, unterbrach ihn Weber kurzerhand und griff zum Telefon.

Er rief in der Lagerhalle an und bestellte Stefan erneut zu sich. Er erklärte ihm den Sachverhalt und sagte: »Herr Weimershaus, Sie haben die ganze Sache verzapft, Sie baden das jetzt auch aus.«

Erschrocken sah Stefan seinen Chef an, doch zu seinem Erstaunen grinste dieser spitzbübisch und sagte: »Dass Sie so schnell Karriere bei uns machen, hätte nicht einmal ich geglaubt. Sie werden die Leitung der Kolonne übernehmen. Ich verlasse mich da voll und ganz auf Sie. Dass ich Ihnen nach gerade mal sieben Tagen, die Sie hier arbeiten, nicht die Schlüssel der ganzen Firma überlassen kann, werden Sie ja verstehen, oder?«

»Ja … ja klar«, stotterte Stefan, ganz verblüfft darüber, welche Aufgabe ihm hier zugedacht wurde, da sprach sein Chef bereits weiter: »Aber wir werden morgen alles in der kleinen Halle vorbereiten; für diese und für das Hoftor werde ich Ihnen die Schlüssel überlassen. Vergessen Sie aber um Himmels willen nicht, die Alarmanlage, den Bewegungsmelder und die Einfahrtsperre am Tor zu aktivieren, wenn Sie gehen. In diesem Container im Hof lagert ein beträchtliches Vermögen. Wenn da was wegkommt, reiße ich Ihnen persönlich den Kopf ab. Ach ja, auch für Sie gilt natürlich, dass Sie am Mittwoch freihaben, wenn alles planmäßig läuft. Allerdings, vielleicht kommt Meier ja auch gar nicht. Als er das vorletzte Mal abends kommen wollte, gab es auf der Autobahn einen Stau. Da ist er umgekehrt und hat mich per Handy davon unterrichtet. Sollte er bis neun oder halb zehn noch nicht da sein, schließen Sie alles gewissenhaft ab und gehen nach Hause. Dann ist aber nur der Mittwochvormittag frei. So, jetzt wissen Sie auch gleich mal, warum wir immer versuchen, den am Tag zu bedienen.«

So langsam begann Stefan zu begreifen, was sein Chef meinte, und er sagte: »Ich werd mir alle Mühe geben. Sie werden ganz bestimmt nicht enttäuscht von mir sein.«

»Kopf hoch, wird schon gut gehen«, meinte Herr Weber aufmunternd und legte Stefan die Hand auf die Schulter, während er ihn hinaus in die Lagerhalle begleitete. Dort wollte er seinen Angestellten noch instruieren, welche Furnierpaletten sie für den nächsten Tag herrichten sollten.

Keiner von beiden bemerkte, wie Stäler hinter ihrem Rücken immer breiter grinste. Das klappt ja wie am Schnürchen, dachte er. Weber, dieser Trottel, spielt aber auch ganz in meinem Sinne mit. Er hat Weimershaus schon wieder genau so eingeteilt, wie ich es mir wünschte. Und wieder musste ich es nicht mal vorschlagen. Aber dass Weimershaus am Telefon meine Stimme nicht wiedererkannt hat, spricht nicht gerade für ihn. Nun ja, ich bin und bleibe nun mal der beste Stimmenimitator weit und breit. Das wissen die Kameraden beim Karnevalsverein auch.

Der Rest des Arbeitstages flog nur so an Stefan vorbei. Abends saß er mit Verena und ihrem Onkel in dessen

Wohnzimmer und erzählte von seinem Auftrag. Verena war zwar ein bisschen traurig, am nächsten Abend auf ihren Stefan verzichten zu müssen, aber natürlich freute sie sich vor allem für ihn, dass sein Chef ihm bereits so sehr vertraute. Nur Onkel Peter, diesem alten Griesgram, war die Sache nicht geheuer.

»Dein Chef und dein Verkaufsleiter waren sofort damit einverstanden?«, fragte er.

»Ja, wieso?«

»Weil ich das sonderbar finde.«

»Sonderbar, wieso?«, fragten die beiden anderen im Chor.

Ohne darauf einzugehen, fragte Peter Stettner seinerseits weiter: »Gibt es in der Firma noch andere Personen, die man im weiteren Sinne zur Geschäftsleitung zählen könnte?«

»Ja, den Geschäftsführer und die Chefsekretärin.«

»Was sagen denn die dazu?«

»Die Chefsekretärin wurde nicht gefragt, und der Geschäftsführer hat zurzeit Urlaub.«

»Aha.«

»Was heißt denn da ›Aha‹? Und was war vorhin sonderbar?«, fragte Stefan, und auch Verena verlangte nach einer Antwort.

»Dass man am siebten Tag in der neuen Firma bereits eine solche Verantwortung übertragen bekommt, das geht mir irgendwie zu glatt. Ich könnte nicht genau sagen, was mich stört, aber dass keiner Einwände dagegen erhoben hat …«

»Na, danke«, sagte Stefan etwas beleidigt, »Ihr Vertrauen in mich scheint ja nicht gerade groß zu sein.«

»Das ist doch Blödsinn …«

»Na, es wirkt aber ganz so«, beharrte Stefan, und Verena, die Angst hatte, die gute Stimmung könnte kippen, sagte grinsend: »Onkel Peter, du und dein Misstrauen.«

Nun lenkte auch Peter ein und sagte: »Na ja, vielleicht sehe ich ja auch Gespenster; das ist eine alte Berufskrankheit. Lasst uns lieber von etwas anderem reden, bevor wir hier noch Trübsal blasen. Was haltet ihr denn davon, wenn ich wieder anfangen würde zu arbeiten?«

»So, als was denn?«, fragte Verena erstaunt.

»Als Detektiv. Es ist das Einzige, was ich gelernt habe. Etwas anderes kann ich nicht.«

»Hast du dich bei einer Detektei beworben?«, fragte Peters Nichte hoffnungsfroh.

Sollte ihr Onkel nach so vielen Jahren doch noch die Kurve kriegen und in ein normales, geregeltes Leben zurückkehren?

»Nein, das nicht gerade. Aber ich habe überlegt, selbst eine zu eröffnen.«

»Ach so«, sagte Verena darauf enttäuscht, und man sah ihr deutlich an, was sie dachte. Es handelte sich wohl wieder mal um eine der üblichen Träumereien ihres Onkels, wie sie sie von Zeit zu Zeit zu hören bekam. Diese Fantasiegebilde, um mehr handelte es sich ihrer Meinung nach nicht, waren allesamt unhaltbar und stürzten sehr schnell in sich zusammen, sobald die Planungen konkret werden sollten.

Dass es ihm dieses Mal sehr viel ernster damit war und dass seine Fähigkeiten wie auch seine alten Kontakte, die er immer noch pflegte, bald dringend gebraucht würden, konnte sie zu diesem Zeitpunkt noch nicht wissen.

Kurz darauf wechselten sie das Thema, und eine gute Stunde später zogen sich Verena und Stefan nach oben zurück. Es dauerte nicht lange, da drangen dezente, aber dennoch völlig eindeutige Geräusche an Peters Ohr. Er holte sich eine Flasche Bier aus dem Kühlschrank und sank damit in seinen Lieblingssessel im Wohnzimmer. Seine Nichte und Stefan in fröhlichem Liebesspiel vereint zu wissen, machte es ihm nicht gerade leichter, seine Einsamkeit und die Sehnsucht nach seiner geliebten, verschollenen Frau zu ertragen.

4.

Stefans siebter Arbeitstag in der Firma Weber war geprägt von den Vorbereitungen, die seine erste große Bewährungsprobe mit sich brachte. Die erwartungsvolle Spannung, die ihn schon am Morgen zu Hause ergriffen hatte, hielt ihn den ganzen Tag gefangen. Die Arbeit ging ihm aber gut von der Hand, und es war ihm sehr recht, dass dem Team, das Herrn Meier bedienen sollte, neben Giuseppe Bellini und Ümit Boztürk auch Klaus Schröder angehören sollte. Mit ihm verstand sich Stefan von allen Kollegen am besten.

Der Tag verging quälend langsam, und Stefan fieberte schon während der Frühstückspause dem Abend entgegen. Endlich war es halb vier, und alle Kollegen, außer den dreien, die ihm helfen sollten, gingen nach Hause.

Als es endlich ruhig in der Halle geworden war, meinte Stefan: »Kommt, wir bereiten alles schon so weit vor, dass wir möglichst wenig Zeit brauchen, wenn Meier da ist.«

Die anderen hielten das für eine gute Idee, und alle machten sich mit Elan an die Arbeit.

Sie fuhren mit dem Gabelstapler die Paletten mit dem Holz herbei, für das Meier sich interessierte, öffneten bereits einige davon, schafften leere Paletten zum Umstapeln und genug Rollwagen herbei. Dabei merkten sie gar nicht, wie schnell die Zeit verging.

Erst als Ümit um zwanzig nach sieben zum ersten Mal

auf die Uhr sah, kam in ihnen der Verdacht auf, dass Meier am Ende gar nicht käme.

Da inzwischen alle Vorbereitungen erledigt waren, setzten sie sich in den Aufenthaltsraum, und Giuseppe fragte nach einer Weile: »Müssen wir den ganzen Mist heute Abend noch wegräumen, falls dieser Meier nicht mehr kommt?«

Stefan, der nicht so recht wusste, was er darauf antworten sollte, zuckte mit den Schultern. »Mal sehen.«

Nun saßen sie wie auf glühenden Kohlen, und mit jeder Minute, die verstrich, wurden sie ungeduldiger.

Als der Schreiner auch nach halb neun noch immer nicht da war, sprach Klaus aus, was alle dachten: »Der Typ kommt bestimmt nicht mehr.«

»Es sieht ganz danach aus«, bestätigte Stefan, und weitere zwanzig Minuten später sagte er: »Kommt, wir machen noch ein bisschen Ordnung; dann könnt ihr nach Hause gehen. Ich werde noch bis zehn hierbleiben. Dann schalte ich die Alarmanlage ein und gehe auch.«

Ümit und Giuseppe, die beide Familie hatten, nahmen das Angebot dankbar an, um Viertel nach neun waren sie bereits verschwunden. Klaus blieb noch bis Viertel vor zehn; dann machte auch er sich auf den Heimweg.

Als er allein war, ging Stefan zur Alarmanlage. Schade, dass aus dem Geschäft nichts geworden ist, dachte er. Das halbe Prozent Provision, das ich als Teamleiter vom Umsatz bekommen hätte, hätte ich gut gebrauchen können. Aber nun ja, es sollte nicht sein. So hab ich wenigstens morgen bis mittags frei. Das ist ja auch was wert.

Er öffnete den Schaltschrank der Alarmanlage, schaltete sie sorgfältig ein, stellte die Zeitverzögerung auf fünfzehn Minuten, aktivierte den Bewegungsmelder und ließ die gezackte Schiene, die das unbefugte Ein- und Ausfahren auf den Hof verhindern sollte, hochfahren. Dann verließ er die Halle, verschloss die Tür, ging zum Hoftor, schob es zu und schloss es ebenfalls ab. Dann sah er auf die Uhr. Es war eine Minute nach zehn. In genau einer Minute würde sich die Alarmanlage einschalten. Er überquerte die Straße und ging in Richtung des Parkplatzes am Bahnhof, wo alle ihr Auto parkten, die auf dem Hof keinen Platz mehr fanden. Kurz bevor er den Parkplatz erreichte, drehte er sich um und sah beruhigt, dass der Strahler auf dem Hof kurz aufleuchtete und Sekunden später wieder erlosch. Das war das Zeichen, dass die Alarmanlage nun scharfgeschaltet war. Er nickte zufrieden, ging zu seinem Auto und stieg ein.

Frohgemut machte er das Autoradio an. Der Verkehrsfunk meldete gerade eine Vollsperrung der A 3. Das betraf ihn zum Glück nicht. Er legte die Kassette ein, die ihm Peter Stettner heute Morgen mitgegeben hatte. Laute Musik der Siebziger. Noch während er den Parkplatz verließ, ertönte laut das Lieblingslied von Verenas Onkel: »Mexico« von den Les Humphries Singers. Gar nicht mal übel, dachte er, während er fröhlich mitsingend in die Abenddämmerung hineinfuhr und sich darauf freute, am nächsten Morgen ausschlafen zu können.

Beim Ausparken hätte Stefan, wenn er es gekannt hätte, das Auto seines Vorgesetzten Stäler auf der gegenüberliegenden Straßenseite erkennen können. Kaum hatte dieser bemerkt, dass Stefan zu seinem Auto ging, da hatten sich alle seine Muskeln angespannt, und er hatte seinen Wagen gestartet, mit dem er schon seit einer guten halben Stunde an einer schlecht ausgeleuchteten Stelle im Halteverbot stand.

Da er, was seine größte Sorge gewesen war, keiner Polizeistreife aufgefallen war, dachte er einmal mehr: Das klappt ja schon wieder wie geschmiert.

Noch besser war allerdings, dass Stefan Weimershaus allein aus der Firma gekommen war. Das hieß, er hatte die letzten Minuten, seit Klaus das Gelände verlassen hatte, allein dort verbracht. Somit gab es keine Zeugen, dass er die Alarmanlage auch wirklich eingeschaltet hatte.

»Egal wie es kommt, du bist so was von weg vom Fenster«, murmelte er und fuhr schon forsch auf den Parkplatz, als Stefan ihn gerade verlassen hatte.

Er stieg aus, ging schnell zum Hoftor hinüber, schloss es auf und ging dicht an der Wand entlang, ohne den Bewegungsmelder auszulösen, zur Lagerhalle hinüber. An der Seitentür zum Lager öffnete er einen kleinen Kasten, gab den Verzögerungscode ein und öffnete die Tür. Nun hatte er sechzig Sekunden Zeit, die Alarmanlage zu deaktivieren. Zielstrebig ging er zu dem großen Kasten, gab einen weiteren Code ein und schaltete sie damit ab. Dann fuhr er die Zackenschiene am Hoftor herunter, ging hinaus, schob das Tor auf, setzte sich wieder in sein Auto und fuhr davon.

Nicht einmal zwanzig Minuten später kam auf der Straße von Liederbach her ein schwarzer Sattelzug, hielt vor dem offenen Tor und fuhr rückwärts auf den Firmenhof. Zwei kräftige Männer machten sich unverzüglich daran, mit dem am Lastwagen angebrachten Kran den Container zu verladen.

Wäre in diesem Moment zufällig ein Passant vorbeigekommen, hätte er bestimmt nicht gedacht, dass hier gerade ein ziemlich dreister Diebstahl vonstatten ging. Denn die beiden Männer gingen nicht nur routiniert zu Werke, sie bewegten sich auch so natürlich und gelassen, dass sie jeder für Angestellte der Firma gehalten hätte. Sie waren eben richtige Profis, die ihr Geschäft verstanden. Aber es war schon nach elf, und die Straßen waren leer.

Bald hatten sie den Container verladen, fachgerecht verankert, und nicht einmal zwanzig Minuten, nachdem der LKW auf den Hof gerollt war, fuhr er bereits wieder auf die Straße und rollte mit seiner illegal erworbenen Fracht zur Autobahnauffahrt hin.

Hans-Joachim Weber schlief schlecht in dieser Nacht. Er wälzte sich von links nach rechts und hatte fürchterliche Albträume. Auch wenn er es am Vortag noch für richtig gehalten hatte, Weimershaus so schnell wie möglich Verantwortung zu übergeben, inzwischen war er nicht mehr so sicher, ob das wirklich eine so kluge Entscheidung gewesen war.

Obwohl er erst nach Mitternacht ins Bett gekommen war, hielt er es schon um fünf Uhr nicht mehr darin aus. Seine Frau Susanne, die neben ihm lag und gern noch weitergeschlafen hätte, stand mit ihm auf. Schließlich konnte sie ihren derart aufgewühlten Mann unmöglich in der Küche hantieren lassen. Er hätte sich am Ende vor Nervosität noch das heiße Kaffeewasser übergeschüttet. So kochte sie ihm Kaffee.

Um kurz vor sechs, ziemlich genau eine Stunde früher als sonst, hatte Weber bereits seinen ersten Kaffee getrunken und war fertig angezogen. Als die Morgenzeitung kam, warf er nur einen flüchtigen Blick darauf, faltete sie nicht sehr sorgfältig zusammen und ließ sie in seiner Aktentasche verschwinden.

Wenig später ging er hinaus in die Garage seines noblen Bungalows, den er mit seiner Familie erst vor wenigen Jahren in der Wachenheimer Straße in Liederbach bezogen hatte. Er startete seinen silbermetallicfarbenen Audi A 6 und fuhr, was bei ihm weiß Gott nicht oft vorkam, mit quietschenden Reifen hinaus auf die Straße. Wie gehetzt raste er nach Unterliederbach hinüber und drehte sich beim Losfahren nicht wie sonst nach seiner Frau um, die ihm an diesem Morgen vergeblich hinterherwinkte.

Hans-Joachim Weber fuhr direkt zur Firma und kaufte unterwegs nicht einmal die beiden Stückchen für sein zweites Frühstück ein. Deshalb kam er auch bereits um zwanzig vor sieben bei der Furnierhandlung an. Schon aus einiger Entfernung sah er das weit offen stehende Hoftor, und augenblicklich erfasste ihn wilde Panik. Er trat das Gaspedal bis zum Anschlag durch und preschte auf den Hof. Im nächsten Moment fiel sein Blick auf die Stelle, an der am Vorabend noch der Furnier-Container gestanden hatte. Weber erstarrte vor Schreck für einige Sekunden, dann schlug er mit der Faust kräftig aufs Lenkrad.

»Scheiße«, brüllte er, »ich hätte wissen müssen, dass da was schiefgeht!«

Kurz darauf kramte er sein Handy aus der Tasche, wählte den Polizeinotruf und meldete den Diebstahl seines Containers. Danach blieb er einige Minuten lang regungslos in seinem Auto sitzen, bevor er die Kraft fand auszusteigen. Schwerfällig ging er zur Halle hinüber. Immerhin, diese Tür war verschlossen. Er schloss auf und trat ein. Schnell ging er zum Schaltschrank, in dem die Alarmanlage untergebracht war. Es war genau so, wie er befürchtet hatte. Am Stahlschrank, der neben dem Zahlenschloss für die Alarmanlage auch die Schalter für die Ausfahrtsicherung und den Bewegungsmelder enthielt und der normalerweise mit einem Sicherheitsschloss verriegelt war, stand die Tür einen Spalt offen. Also hatte Weimershaus vergessen abzuschließen. Als er dann auch noch sah, dass Meier am Abend nicht mehr gekommen war, war für ihn alles klar. Stefan hatte sich, nachdem er vermutlich bis spät am Abend auf Meier gewartet hatte, aus dem Staub gemacht, ohne die Anlage zu aktivieren.

»So viel zum Thema Zuverlässigkeit der Mitarbeiter«, knurrte Weber, während er in sein Büro schlurfte und sich nervlich am Ende in einen Besuchersessel fallen ließ.

Es dauerte bestimmt noch einmal fünf Minuten, bis Weber sich wieder so weit gefasst hatte, dass er erneut nach seinem Handy greifen konnte. Er wollte Stefan Weimershaus anrufen, ihn zusammenstauchen und die fristlose Kündigung aussprechen. Er hatte die Nummer, die bereits in seinem Handy gespeichert war, gerade gewählt, da bog ein Polizeiwagen auf das Firmengelände ein.

Stefan nutzte den arbeitsfreien Morgen dazu, endlich wieder einmal richtig ausschlafen zu können. Seit er hier in Kelkheim wohnte, hatte Verena ihn beinahe jede Nacht gefordert. Sie hatten ja auch viel nachzuholen. Am Vorabend hatten sie sich nicht mehr treffen können, da er erst um Viertel nach zehn nach Hause gekommen war und Verena schon um sechs aus den Federn musste. So war Stefan bereitwillig darauf eingegangen, als Peter ihn auf ein Bier einlud. In der kleinen Kneipe am oberen Ende der Hauptstraße waren sie hängengeblieben und ziemlich versackt. Als sie gegen eins zum Haus zurückwankten, hatte jeder von ihnen bestimmt sieben oder acht Bierchen intus. Spät in dieser Nacht hatte Stefan beschlossen, nun auch Peter zu duzen.

Deshalb schlief Stefan auch noch tief und fest, als morgens um sieben sein Handy auf dem Nachttisch zu läuten begann. Nur ganz langsam kam er zu sich, und er hatte es gerade gegriffen, da verstummte es.

»Blödmann«, gähnte Stefan, drehte sich auf die andere Seite und schlief auch sofort wieder ein. Knappe zwei Stunden später erwachte er mit einem Brummschädel, der sich gewaschen hatte. Er schleppte sich ins Bad und hielt den Kopf unter die Dusche. Danach sah er wieder etwas klarer. Anschließend wollte er sich rasieren, und gerade als er sein Kinn mit Rasiergel eingeschäumt hatte, läutete es an der Haustür. Er hörte, wie Peter, der schon eine ganze Weile im Erdgeschoss zugange war und dem die Sauferei nicht das Geringste ausgemacht zu haben schien, die Tür öffnete.

Was er dann hörte, jagte ihm einen riesigen Schreck ein, denn unten stellte sich gerade ein Polizeihauptmeister Franke vor. Mein Gott, es wird doch nichts mit Verena sein, dachte er und horte im gleichen Moment, wie der Polizist nach ihm fragte und Peter ihn aufforderte, ihm zu folgen. Dann kamen sie die Treppe hinauf.

Der Polizist hatte wohl das Gurgeln des Wassers in dem kleinen Bad gehört, denn er klopfte energisch an und rief: »Herr Weimershaus, sind Sie hier?«

»Ja.«

»Ich muss kurz mit Ihnen sprechen, kommen Sie bitte raus.«

»Ja, sofort.«

Stefan wischte sich schnell das Rasiergel vom Kinn und öffnete, gerade mal zur Hälfte rasiert, die Badezimmertür.

»Ist etwas mit Verena?«

»Nein. Das heißt, ich weiß es nicht«, sagte der junge Polizeibeamte unbeholfen, da fuhr ihn Stefan an: »Mensch, reden Sie schon, was gibt's denn?«

»Ich weiß zwar nicht, wer die von Ihnen angesprochene Verena ist«, stellte der Beamte klar, »aber ich komme ohnehin in einer anderen Sache. Sie gestatten, dass ich mich vorstelle. Ich bin Polizeihauptmeister Franke von der Kelkheimer Polizeistation und bin beauftragt, Sie in einer Diebstahlsache zu befragen.«

»Diebstahl?«

»Ja, in der Furnierhandlung Weber wurde in der Nacht ein Diebstahl begangen. Es brauchte nicht eingebrochen zu werden, da das Hoftor eindeutig offen stand und lediglich ein Container vom Hof gestohlen wurde.«

»Was! Das kann doch gar nicht sein. Ich habe gestern Abend, bevor ich nach Hause gegangen bin, die Alarmanlage eingeschaltet und das Tor verschlossen.«

»Sind Sie sicher?«

»Ja, absolut.«

»Das kann nicht stimmen. Wie mir der ermittelnde Kommissar mitgeteilt hat, war die Alarmanlage ordnungsgemäß abgeschaltet, das Hoftor war ebenfalls unverschlossen und war heute Morgen aufgeschoben. Wahrscheinlich haben Sie einfach vergessen, alles zu verschließen.«

»Nein, das habe ich nicht! Ich habe sogar extra so lange gewartet, bis die Anlage aktiv war. Der Bewegungsmelder leuchtet dann kurz auf. Erst danach bin ich gefahren.«

»Sie behaupten also tatsächlich, ordnungsgemäß abgeschlossen zu haben?«

»Ja, natürlich, oder was glauben Sie?«

»Ich glaube gar nichts; das ist nicht meine Aufgabe. Da ziemlich große Sachwerte abhanden gekommen sind, befasst sich inzwischen die Kripo mit der Sache. Diese Herren werden ganz bestimmt noch auf Sie zukommen. Ich gebe Ihnen den Tipp, wenn Sie vergessen haben abzuschließen, dann geben Sie das jetzt zu. Die Herrn Kommissare sind nicht so zimperlich. Die werden Ihnen bestimmt damit kommen, dass Sie mit den Gangstern unter einer Decke stecken. Also reden Sie, noch ist Zeit dazu.«

»Es gibt nichts zu reden. Ich habe alles ordnungsgemäß abgeschlossen und basta.«

»Wie Sie wollen. Ich hab's ja nur gut gemeint. Auf Wiedersehen.«

»Auf Wiedersehen.«

Kaum war der Polizist nach unten gegangen und Peter hatte die Haustür hinter ihm geschlossen, da kam auch Stefan herunter und stöhnte: »Mensch, Peter, das ist ein Ding. Die glauben, ich hätte vergessen das Grundstück zu sichern.«

»Sei froh, dass sie nicht gleich mit einem Haftbefehl aufgetaucht sind, weil sie glauben, du hättest was mit dem Diebstahl zu tun. Wie viel war denn der Inhalt des Containers wert?«

»Das war Furnier im Verkaufswert von fünfhunderttausend Euro.«

»Oh je, das haut ganz tüchtig rein. Aber trotzdem. Dafür, dass es nur um Holz geht, scheint mir das etwas zu professionell aufgezogen worden zu sein. Ich fürchte, da steckt noch weitaus mehr dahinter.«

»Wie meinst du das?«

»Das kann ich dir jetzt noch nicht sagen. Es ist nur so ein, sagen wir, professionelles Gespür, und darauf war noch meistens Verlass.«

»Herr Weber wird mir den Kopf runterreißen. Das hat er für den Fall, dass etwas schiefgeht, schon angedroht.«

Gerade als ob es auf dieses Stichwort gewartet hätte, begann in diesem Augenblick Stefans Handy zu läuten. Kaum hatte er sich gemeldet, da brüllte Weber so laut durch den Hörer, dass selbst Peter es beinahe verstehen konnte. Was er sagte, gipfelte darin, dass er Stefan fristlos kündigte.

»Scheiße, verdammte!«, rief Stefan, nachdem er aufgelegt hatte.

»Ruhig bleiben!«, sagte Peter. »An der Sache bleib ich dran. Wenn du wirklich abgeschlossen hast, wovon ich felsenfest überzeugt bin, dann …«

»Was dann?«

»Dann muss es in der Firma jemanden geben, der den Dieben geholfen hat.«

»Meinst du?«

»Wer soll denn sonst die Alarmanlage ausgeschaltet haben?«

»Ja, stimmt. Aber das würdest du tun?«

»Was?«

»Na dranbleiben an dem, äh … Fall.«

»Na klar. Und ich tu sogar noch mehr. Da du ja heute nicht mehr arbeiten musst, lade ich dich zum Mittagessen bei meinem Stammgriechen ein. Da kann man schön unter Bäumen im Biergarten sitzen, und wir können über die ganze Sache sprechen.«

Da Stefan es für besser hielt, sich abzulenken statt ins Grübeln zu kommen, stimmte er gleich zu.

Eine Viertelstunde später spazierten die beiden bei strahlendem Sonnenschein in Richtung des Stadtteils Münster. Sie hatten gerade das neue Ärztehaus passiert und gingen über den Parkplatz der Stadtmitte Süd, da fragte Stefan: »Ist es noch weit bis zu deinem Griechen?«

»Nein, nicht mehr sehr weit. Wir gehen am Ende des Parkplatzes über eine kleine Brücke, dann durch unseren neuen Stadtpark, die Sindlinger Wiesen. Kurz vor dem

Ende des Parks biegen wir rechts ab, überqueren noch eine Brücke über den Liederbach und sind schon fast dort.«

»Diese Fußgängerzone hier sieht richtig gut aus«, meinte Stefan, der sichtlich bemüht war, sich irgendwie von seinem unberechtigten Rauswurf aus der Firma abzulenken.

Peter, der genau merkte, wie ihm zumute war, ging sofort auf die Bemerkung ein und erklärte: »Ja, ich finde die Stadtmitte Süd architektonisch auch sehr gelungen. Allerdings gibt es auch viele Leute, die das anders sehen.«

»Wieso denn?«

»Weil diese Leute übersehen, dass nicht die Architektur schuld an den Problemen ist, mit denen dieses, nennen wir es mal Retorten-Viertel, das jetzt bald zwanzig Jahre steht, zu kämpfen hat. Wie dir sicher aufgefallen ist, handelt es sich nicht um einen natürlich gewachsenen Stadtteil.«

»Klar, aber ich find ihn trotzdem schön.«

»Ich auch, aber was nützt dir die schönste Fußgängerzone, wenn viele Geschäfte leer stehen oder sich nicht halten können. Du hast ja sicher bemerkt, dass gerade dort, wo schöne Schaufensterfronten sind, die Räume leer stehen oder Firmen sind, die im Grunde gar keine Schaufenster benötigen.«

»Ja, klar, aber das kenne ich schon aus meiner Heimatstadt. Da sind es die hohen Mieten. Das wird hier nicht anders sein.«

»Genau so ist es. Absolut verständlich, dass die Vermieter ihre Kosten wieder hereinholen müssen, aber das macht so nach und nach die schönste Fußgängerzone kaputt. Außerdem ist die Stadtmitte Süd zu klein, um viele Leute anzuziehen. Hoffentlich wird es besser, wenn im Herbst die Neue Stadtmitte Nord fertig ist …«

»Meinst du das Ungetüm, das dort drüben entsteht?«

»Ja, genau dort kommt sie hin. Den Plänen nach wird sie alles andere als eine Schönheit, aber wenn das stimmt, was man so hört, soll das Konzept insgesamt recht gut sein. Hoffen wir das Beste. Aber nun mal was anderes. Weißt du, dass du einen großen Vorteil davon hast, dass du ausgerechnet nach Kelkheim gezogen bist?«

»Nein, welchen denn?«

»Du brauchst nicht ganz auf Münster zu verzichten. Unser Stadtteil Münster ist allerdings unwesentlich kleiner als deine Geburtsstadt. Dafür liegt dort mein Stammlokal.«

Kaum hatte er das gesagt, waren sie auch schon beim Biergarten dieses Stammlokals angekommen. Die Wirtin schloss gerade die kleine Eisentür auf, und sie gingen hinein. Sie setzten sich an einen der braunen Gartentische unter dem riesigen Baum in der Mitte des Gartens. Die junge und freundliche Wirtin brachte ihnen die Speisekarten und fragte sie nach ihren Getränkewünschen. Peter bestellte einen großen sauer gespritzten Apfelwein, und Stefan, der das hessische Nationalgetränk bisher nur vom Hörensagen kannte, tat es ihm nach. Bislang hatte er sich wegen der dem Getränk zugeschriebenen »durchschlagenden Wirkung« nicht so recht darangetraut.

Als die beiden Halblitergläser vor ihnen standen, sagte Peter: »Zum Wohl!«, und trank sein Glas in einem Zug zur Hälfte leer. Stefan nippte zuerst vorsichtig an seinem, wurde dann mutiger und trank einen großen Schluck.

»Na, wie schmeckt's?«

»Gut, richtig gut! Könnte mein Lieblingsgetränk werden.«

»Meines ist es. Lass uns erst mal was zu essen bestellen, ich falle gleich vom Fleisch.«

Davon sieht man aber nichts, hätte Stefan beinahe gesagt,

konte sich aber gerade noch beherrschen und fragte stattdessen: »Was empfiehlst du mir denn?«

»Isst du gern Hackfleisch?«

»Klar. In Münster hatte ich einen Stammkroaten, da habe
ich meistens Pljeskavica gegessen, mit Schafskäse gefüllt.«

»Dann empfehle ich dir das Bifteki, das ist ganz ähnlich.
Ich nehm das jedenfalls, ich esse es für mein Leben gern.«

»Okay, ich auch«, stimmte Stefan zu. Als sie das Essen bestellten, orderten sie auch gleich den nächsten Apfelwein.

Für einige Minuten lauschten sie dem Rauschen der Blät-
ter über ihren Köpfen und genossen es, nichtstuend in die
wärmende Frühsommersonne zu blinzeln.

Aber kaum hatte Stefan sein frisch serviertes Apfelweinglas zum Mund geführt, sprach ihn Peter unvermittelt an:
»So, jetzt erzähl mir mal ganz genau, wie es gekommen ist,
dass du gestern Abend in der Firma warst.«

Stefan verschluckte sich prompt, so plötzlich hatte Peters
Frage ihn in die Realität zurückgeholt. Doch als er nicht
mehr husten musste, gab er dem Onkel seiner Freundin
bereitwillig Auskunft.

»Da hat irgendjemand gewaltig dran gedreht«, sagte Peter überzeugt, als Stefan fertig war. »Bist du sicher, dass es
wirklich Herr Meier war, den du am Telefon hattest?«

»Nein, ich kenne Herrn Meier ja nicht. Aber je länger ich
über das Telefonat nachdenke, um so sicherer werde ich
mir, dass mir die Stimme irgendwie bekannt vorkam.«

»Siehst du, das hab ich gemeint.«

»Aber halt, es muss tatsächlich Herr Meier gewesen
sein.«

»Wieso denn?«

»Als ich davon erzählte, erkannten mein Chef und Herr

Stäler ihn unabhängig voneinander wieder, allein an der Art, wie ich das Telefonat schilderte.«

»Das muss nicht zwingend bedeuten, dass er es war. Mir fallen da einige andere Möglichkeiten ein.«

»Und die wären?«

»Dieser Stäler und dein Chef könnten zum Beispiel gemeinsame Sache bei einem Versicherungsbetrug machen und dich extra als Sündenbock engagiert haben.«

»Puh … das wäre aber ganz schön dreist.«

»Da gibt's natürlich noch ganz andere Möglichkeiten. Zum Beispiel könnten dein Chef oder Stäler mit irgendwelchen Gangstern unter einer Decke stecken. Oder vielleicht steckt der Geschäftsführer hinter der Sache. Wieso hatte der ausgerechnet gestern Urlaub? Und die alle haben ja sicher schon mit Meier telefoniert und kennen seine Art. Aber auch die Chefsekretärin könnte mit drinhängen … Fällt dir noch jemand in der Firma ein, der da infrage käme?«

»Vielleicht die Teamleiter im Verkauf. Ich bin allerdings nicht lange genug dabei, um das einschätzen zu können.«

»Stefan, nach allem, was du erzählt hast, glaube ich nach wie vor nicht, dass es bei dem Diebstahl in erster Linie um Holz ging. Da war bestimmt irgend etwas anderes, sehr viel Wertvolleres in dem Container.«

»Wie kommst du darauf?«

»Das kann ich dir im Moment gar nicht genauer sagen. Es ist nur so ein Gefühl. Vielleicht ist es aber auch nur ein Rest meiner alten Berufskrankheit. Ich war schließlich fast fünf Jahre lang in der Sonderkommission ›Organisierte Kriminalität‹ tätig.«

Genau in diesem Augenblick kam das Essen, und sie nutzten die Gelegenheit, um noch mehr Apfelwein zu bestellen. Stefan war froh, dass das Verhör durch seinen Vermieter erst mal ein Ende gefunden hatte. Als sie aufgegessen hatten, ging Stefan in die Offensive: »Peter, wie kommt es eigentlich, dass du nicht mehr bei der Polizei bist?«

Peter zögerte, räusperte sich.

»Das ist eine lange und ziemlich unschöne Geschichte, die ich nicht unbedingt erzählen möchte; zumindest nicht jetzt …« – er hielt kurz inne – »… oder vielleicht doch. Auch ich muss schließlich mal alles loswerden. Du musst allerdings versprechen, mich nicht zu bedrängen, falls ich nicht mehr weitererzählen kann.«

»Klar doch. Ich werde mich auch nicht über dich lustig machen; du kannst es mir ruhig erzählen.«

»Ich weiß. Wenn ich das befürchten würde, käme kein Ton über meine Lippen. Diese Geschichte war die letzten Jahre ein Tabuthema in meinem Leben. Selbst Verena kennt nur kleine Bruchstücke davon. Ich rechne es ihr noch immer hoch an, dass sie mir als Einzige in meiner Verwandtschaft nicht tausend Löcher in den Bauch gefragt hat.«

»Wenn du nichts erzählen willst oder kannst, dann sag es nur. Ich bin nicht so neugierig, dass ich alles haarklein wissen muss.«

»So langsam begreife ich, was Verena so an dir schätzt. Außerdem hast du soeben den Schlüssel zu einem gut verschlossenen Erinnerungsschrank gefunden. Aber damit du die Zusammenhänge besser verstehst, muss ich vielleicht meine Biografie kurz umreißen. Also, möchtest du die ganze Geschichte hören?«

»Äh …«

»Sag ruhig ja. Ich wäre enttäuscht, wenn du nein sagen würdest. Das wäre sicher gelogen.«

»Ja, klar«, sagte Stefan, und Peter begann zu erzählen: »Ich wurde in Eddersheim, das damals noch nicht zu Hattersheim gehörte, als Sohn eines Landwirts geboren. Ich habe einigermaßen erfolgreich die Realschule absolviert, wollte zum Schrecken meines Vaters den Hof nicht übernehmen und hatte mir in den Kopf gesetzt, Polizist zu werden. Ich hab mich beworben, und das Wunder geschah. Nur ein Jahr später konnte ich meine Ausbildung als Schutzpolizist antreten. Ich habe sie, darauf bin ich stolz, mit Bravour beendet und war etwa zwei Jahre in einem Frankfurter Revier tätig, als ich einmal das Glück hatte, bei der Fahndung nach flüchtigen Drogendealern eingesetzt zu werden. Du weißt schon, Straßensperren errichten, Personenkontrollen durchführen und so weiter.«

»Glück nennst du das?«

»Ja, für mich war es Glück. Erstens war es genau die Art von Arbeit, die ich machen wollte, und außerdem gingen uns die Ganoven tatsächlich ins Netz. Durch einen glücklichen Zufall ist es mir gelungen, dafür zu sorgen, dass es nicht zum Blutvergießen kam, obwohl die beiden bis an die Zähne bewaffnet waren. Wir konnten die Täter gefahrlos stellen.«

»Und wie genau lief das?«

»Ach, das ist eine Geschichte für sich. Lassen wir sie erst mal beiseite. Jedenfalls wurde der Leiter der Abteilung OK im Frankfurter Präsidium auf mich aufmerksam und fragte mich, ob ich Lust hätte, in seine Abteilung zu wechseln. Ich tat das mit Freuden, denn für mich wurde ein Traum wahr. Für meine Eltern weniger. Die hatten in dieser Zeit oft Angst um mich. Ich machte ziemlich schnell Karriere, meine Kommissarsprüfung bestand ich mit Auszeichnung. Und in dieser Zeit lernte ich ein ganz süßes Mädchen kennen …«

»Deine spätere Frau?«

»Ja, aber das war erst viel später. Es dauerte schon ziemlich lange, bis sich Michaela überhaupt mit mir einließ, und es war eine Beziehung, die von Anfang an problembelastet war.«

»Warum, war sie nicht treu?«

»Doch, doch.«

»Oder du?«

»Natürlich war ich treu!«, rief Peter entrüstet, und Stefan fürchtete schon, Verenas Onkel könnte verstummen. Aber nach einigen Sekunden schmunzelte er und sagte: »Es ist schon sonderbar, dass du gerade dieses Thema ansprichst. Du hast einen guten Riecher. Ja, es ging um Treue, aber im Grunde hatte keiner von uns Grund zu klagen. Dennoch bildete sie sich immer wieder ein, wenn ich zum Beispiel gerade bei einer Observation war und nicht pünktlich Feierabend machen konnte, ich würde auf, na sagen wir, Abwegen wandeln.«

»Na, das konnte dann wohl nicht gut gehen.«

»Ach, im Prinzip schon. Bis auf die zwei, drei Mal, wo sie es echt übertrieben hat. Ich war sehr nachsichtig mit ihr, schließlich hatte sie vor mir eine schlimme Zeit durchgemacht. Ich sage nur so viel: Sie hatte einen krankhaft eifersüchtigen Freund, der sie sogar verprügelt hat, es aber seinerseits mit der Treue kein bisschen ernst nahm. Deshalb war sie ja von Düsseldorf nach Frankfurt gezogen.«

»Das war bestimmt schlimm für sie …«

»War es. Aber ich merke, ich schweife vom Thema ab. Im Grunde ging es mit uns sogar so gut, dass wir es wagten, Ende der Achtziger zusammen in mein neues altes Haus hier in Kelkheim zu ziehen. Aber dann buchte Michaela wenige Monate später eigenmächtig und ziemlich kurzfristig eine Reise nach Mallorca, die sozusagen unsere Verlobungsreise werden sollte. Hätte sie nur vorher mit mir über den Termin gesprochen; dann wäre das alles nicht passiert. Die Reise stand vor der Tür, und mein Urlaubsantrag, den ich keine drei Wochen vorher eingereicht hatte, wurde abgelehnt. Eine Rund-um-die-Uhr-Observation war seit einigen Wochen vorbereitet worden, und es wurde jeder Mann des Dezernates gebraucht. Ich konnte den Urlaub nicht antreten. Am Vorabend unseres geplanten Abfluges kam es zu diesem grässlichen Streit, mit dem das Unheil seinen Anfang nahm.«

Peter Stettner hatte sich mit der Zeit immer mehr in Rage geredet, und je aufgewühlter er war, umso mehr hatte Stefan den Eindruck, bei dem Streit selbst dabei zu sein …

5.

»Du kommst aber spät nach Hause!«, empfing mich Michaela schon an der Wohnungstür.

»Ja, Frank ist überraschend krank geworden, ich musste ihn bei unserer Observation vertreten.«

»Ach so, so nennt man das jetzt. Mit welcher Kollegin warst du denn dieses Mal im Bett?«

»Mit keiner«, sagte ich noch völlig ruhig, »ich habe die letzten Stunden im Auto verbracht. Mir tun jetzt noch die Knochen weh.«

»Ja, glaub ich, aber vom Vögeln!«, schrie sie unvermittelt los, und ich überlegte schon, ob ich in Deckung gehen müsste.

Ich weiß nicht, welcher Teufel mich in diesem Moment ritt, aber vermutlich hatte ich es satt, schon wieder der Untreue bezichtigt zu werden. Deshalb erklärte ich mit, wie mir erst später bewusst wurde, übertriebener Härte: »Damit du es weißt, die Reise nach Mallorca ist definitiv gestrichen. Ich muss morgen früh um sechs weg, diesen Drogenboss weiter beobachten …«

Ich verschwieg ihr ganz bewusst, dass ich bis zuletzt um unseren ersten gemeinsamen Urlaub gekämpft und sogar einen Teilerfolg errungen hatte. Ich hätte drei Tage später auf Kosten meiner Dienststelle nachfliegen können. Bei vierzehn Tagen Urlaub wäre das zu verschmerzen gewesen. So aber sagte ich nichts, und Michaela flippte völlig aus.

»Du bleibst vielleicht zu Hause; ich jedenfalls nicht!«, schrie sie. »Wenn du keine Lust hast, mit mir in den Urlaub zu fliegen, dann sag das doch klipp und klar. Dann weiß ich wenigstens, woran ich mit dir bin. Ich fliege morgen früh auf jeden Fall. Du hast zwei Tage Zeit, es dir zu überlegen. Wenn du dann nicht nachgekommen bist, betrachte ich unsere Beziehung als erledigt.«

Ich wurde von diesem selbst für Michaelas Verhältnisse heftigen Wutausbruch völlig überrascht, und noch bevor ich etwas sagen oder reagieren konnte, rauschte sie auch schon an mir vorbei in unser Schlafzimmer. Sie warf die Tür mit einem derart lauten Knall ins Schloss, dass der Rahmen erbebte. Zu allem Überfluss verriegelte sie von innen, bevor ich auch nur einen Schritt machen konnte. Aber ich hatte in diesem Moment auch gar keine Lust, wie ein Schoßhündchen an der Tür um Einlass zu betteln. Deshalb setzte ich mich in die Küche und nahm mir ein Bier. Innerhalb der nächsten halben Stunde schüttete ich sämtliches Bier in mich hinein, das ich am Morgen kalt gestellt hatte. Es müssen so drei oder vier Flaschen gewesen sein. Danach legte ich mich aufs Wohnzimmersofa und schlief ein.

Am nächsten Morgen wurde ich ziemlich unsanft vom Telefon geweckt. Mit einem mächtigen Brummschädel hob ich den Hörer ab und stellte erstaunt fest, dass mein Chef am anderen Ende der Leitung war.

»Mensch, Peter, wollen Sie denn heute nicht zum Dienst kommen? Wir warten auf Sie. Es ist schon fast halb acht.«

Innerhalb einer Sekunde war ich hellwach, sah auf meine Armbanduhr und musste feststellen, dass ich eigentlich schon seit fast einer Stunde auf meinem Beobachtungsposten hätte sitzen müssen. Ich zog mir schnell mein T-Shirt über, stieg in die Jeans und verließ im Eilschritt das Haus.

Zum Frühstücken oder um nach meiner Freundin zu sehen blieb an diesem Morgen keine Zeit. Hätte mich mein Weg in die Küche geführt, dann hätte ich den Zettel gesehen, der dort für mich auf dem Küchentisch lag. So aber ahnte ich zu diesem Zeitpunkt noch nicht einmal, dass Michaela ihre Drohung wahrgemacht hatte und allein nach Mallorca geflogen war.

Das erfuhr ich erst, als ich am späten Nachmittag nach Hause kam. Ich war nach meiner Schicht noch für einen anderen Kollegen eingesprungen und länger auf dem Posten geblieben. Damit konnte ich durchsetzen, dass ich von diesem Abend an Urlaub bekam.

Ich wollte Michaela die freudige Nachricht sofort überbringen und rief, als ich die Wohnungstür aufschloss: »Hallo Michi, ich habe eine gute Nachricht für dich!«

Als keine Antwort kam, rief ich noch mal: »Hallo Michaela! Bist du da?«

Aber wieder drang mir nur Stille entgegen. Deshalb stürzte ich zuerst ins Wohnzimmer, dann ins Schlafzimmer und zu guter Letzt in die Küche. Ich sah sofort den Zettel auf dem Tisch und wusste, was die Uhr geschlagen hatte. Erschöpft ließ ich mich auf einen Stuhl fallen, nahm den Zettel in die Hand und las:

Hallo Peter,
ich bin, wie Du inzwischen bemerkt haben dürftest, allein nach Mallorca geflogen. Wenn Dir nur etwas an mir liegt, kommst du unverzüglich nach. Du kannst mich im Hotel erreichen. Ruf mich noch heute an, oder lass es für immer bleiben.
Tschüss, Michaela

Mich traf fast der Schlag. Diese Nachricht war so eiskalt verfasst, dass mir eines augenblicklich klar war: Ich durfte keine Zeit verlieren, wenn es nicht zum Bruch zwischen uns kommen sollte. Ihr böse zu sein kam mir nicht eine Sekunde lang in den Sinn, denn ich wusste ja, welches Martyrium sie fast zwei Jahre lang in Düsseldorf durchgemacht hatte. So etwas hinterließ Spuren auf der Seele. Ich rief natürlich sofort in diesem Hotel in Cala Bona an, doch dort erfuhr ich, dass Frau Kolb im Augenblick nicht da sei. Ihr Schlüssel sei aber an der Rezeption hinterlegt. Da es noch nicht einmal achtzehn Uhr war, schöpfte ich keinen Verdacht.

Sie ist bestimmt noch am Strand, sagte ich mir, denn es war ja natürlich, dass sie Anfang Juni im Meer baden wollte. Deshalb beschloss ich, erst einmal etwas essen zu gehen und es dann noch mal zu probieren. Ich ging der Bequemlichkeit wegen in ein Lokal in der Hauptstraße gleich um die Ecke, aß etwas, trank drei oder vier Bier und war so gegen zehn Uhr abends wieder zu Hause. Kaum angekommen, rief ich wieder im Hotel an und hatte prompt denselben Portier wie am Nachmittag am Apparat.

»Frau Kolb ist nach wie vor nicht im Haus«, fertigte er mich in gutem Deutsch, aber ziemlich schroff ab.

Da es inzwischen fast halb elf war, packte mich in diesem Augenblick schon eine gewisse Unruhe. Denn auch wenn Michaela ganz gewiss nicht pflegeleicht war, so entsprach es doch ganz und gar nicht ihrem Naturell, sich am ersten Tag ihres Urlaubs ohne den Partner gleich ins Nachtleben zu stürzen.

Nun ja, sie wird aus Frust einen trinken gegangen sein, beruhigte ich mich. Ich hatte vor, es eine Stunde später noch einmal zu versuchen. Ich schaltete den Fernseher ein und legte mich mit einer Flasche Bier aufs Sofa. Da ich aber schon vorher nicht mehr ganz nüchtern war, bekam ich von dem Krimi, der da lief, nicht sehr viel mit. Ich schlief ein und träumte irgendeinen haarsträubenden Unfug, der aber nur wenige Tage später von der Wirklichkeit an Absurdität überholt wurde.

Am frühen Morgen wachte ich auf und ärgerte mich sogleich, dass ich es nicht mehr geschafft hatte, noch einmal im Hotel anzurufen. Da draußen gerade erst die Dämmerung einsetzte, sah ich auf die Uhr und stellte fest, dass es kurz vor fünf war. Um diese Zeit konnte ich unmöglich schon wieder in dem Hotel an der Promenade von Cala Bona anrufen.

Nun ja, sagte ich mir, um diese Zeit schläft Michaela noch. Wenn ich um halb sieben oder sieben anrufe, verpasse ich sie sicher nicht.

Deshalb setzte ich mich in die Küche und starrte die Küchenuhr an. Da ich noch immer müde war, braute ich mir einen starken Kaffee und sah weiter den Zeigern der Uhr zu, die so entsetzlich langsam vorwärtskrochen. Aber irgendwann war es doch Viertel vor sieben, und ich fand es an der Zeit, nun endlich anzurufen.

Ich wählte die Nummer und hatte, oh Wunder, schon wieder den Mann des Vorabends am Telefon.

Ich hatte ihn kaum nach Frau Kolb befragt, da sagte er, und ich bildete mir ein, einen triumphierenden Unterton in seiner Stimme herauszuhören: »Frau Kolb hat die Nacht außer Haus verbracht. Ihr Schlüssel hängt noch immer hier am Brett.«

Dieser Typ dachte wohl, Michaela hätte eine Auszeit von der Ehe genommen, und ich wäre der eifersüchtige Ehemann, dem die Felle davonschwammen. Aber ich ahnte sofort, dass etwas passiert sein musste. Michaela hätte sich nicht schon am ersten Abend anderweitig orientiert. Für mich gab es nur eines, ich musste so schnell wie möglich nach Mallorca.

Mit einiger Verzögerung fiel mir auf, dass ich ja Urlaub hatte, und ohne einen Moment nachzudenken, fuhr ich zum Flughafen. Ich hatte das Glück, auch tatsächlich einen freien Platz in einer Maschine zu bekommen, und war noch nicht einmal zwei Stunden später …

Das Läuten von Peters Handy brachte die beiden sehr schnell aus dieser dramatischen Geschichte in die Gegenwart zurück. Peter nahm das Gespräch an und hörte ganz gebannt zu. Ab und zu sagte er »Ja« und »Aha«, »Was?« oder »So« und wurde immer aufgeregter.

Er rührte nicht einmal mehr sein Apfelweinglas an, das er selbst, als er in seiner Geschichte abgetaucht war, nie ganz vergessen hatte.

Dann war das Gespräch beendet, und als die Wirtin das nächste Mal an ihrem Tisch vorbeikam, rief er: »Können Sie mir ein Taxi hierher bestellen?«

»Aber klar. Es wird in fünf Minuten hier sein.«

Peter hatte sich von einem Moment auf den anderen derart radikal verändert, dass es Stefan richtig unheimlich wurde.

»Was ist denn los?«, fragte er, doch Peters Antwort gab ihm darüber keinerlei Aufschluss.

»Ich muss fort. Hier sind hundert Euro, die werden reichen.«

In diesem Augenblick fuhr auch schon das Taxi vor, und Peter sprang wie von der Tarantel gestochen auf. Er lief aus dem Biergarten und stieg in das Taxi.

Stefan sah ihm völlig perplex nach. Was sollte er von diesem überstürzten Aufbruch halten? Als er sich wenig später wieder gefangen hatte, rief er die Wirtin zum Bezahlen.

»Komischer Kauz«, meinte die, »vor ein paar Monaten ist er schon einmal nach einem Anruf plötzlich aufgebrochen.«

»Hm«, sagte Stefan nachdenklich, bezahlte und machte sich auf den Heimweg.

Obwohl er nicht mehr ganz nüchtern war, ging er schnell und zielgerichtet nach Hause, denn er musste herausfinden, warum Peter so plötzlich verschwunden war. Als er in der Hauptstraße ankam und das Hoftor offen vorfand, musste er feststellen, dass Peters Auto nicht an seinem Platz stand. Als er seinen Vermieter, der beinahe schon sein Freund war, im Haus nirgends finden konnte, wurde ihm klar, dass er in angetrunkenem Zustand weggefahren sein musste.

Na warte, dachte er, wenn du wieder zurück bist, werde ich dir dafür kräftig die Leviten lesen.

Dann rief er Verena an ihrem Arbeitsplatz an und erzählte ihr alles. Sie war genauso beunruhigt wie er, deshalb sagte sie gleich zu, als Stefan sie bat, direkt nach der Arbeit zu ihm zu kommen.

Er stieg in seine Wohnung hinauf und ließ sich in einen der beiden abgewetzten Kunstledersessel fallen, die hier schon wer weiß wie lange standen. Was für ein Tag! Ohne dass er es steuern konnte, schweiften seine Gedanken wieder zu seiner eigenen Situation zurück.

Was würde passieren, wenn die Polizei tatsächlich zu dem Schluss käme, er hätte mit dem Diebstahl des Containers zu tun?

Während er sich darüber den Kopf zermarterte, wurde er

immer nervöser. Er war froh, als Verena zwei Stunden später endlich von der Arbeit kam und sich seiner annahm.

Noch während Stefan im Biergarten bezahlt hatte, war Peter zu Hause angekommen und in sein Auto gesprungen, wie ein Ertrinkender ins Rettungsboot. Er legte mit zitternder Hand den Wählhebel der Automatik auf R und preschte rückwärts aus der Hofeinfahrt. Dann schaltete er auf D um, gab Vollgas und raste wie ein Irrer der B 8 entgegen. Die Zufahrt zur A 66 nahm er mit quietschenden Reifen, und das Tempolimit am Ende der Bundesstraße ignorierte er ebenso wie die kurze Baustelle bei der Ausfahrt Diedenbergen. Als er das Wiesbadener Kreuz erreicht hatte und auf der A 3 die Geschwindigkeit freigegeben war, gab es für ihn kein Halten mehr. Er holte alles aus seinem Diesel heraus und scheuchte das Wägelchen mit gut und gern hundertneunzig über die Autobahn. So parkte er bereits gute zweieinhalb Stunden später vor dem kleinen Café gegenüber dem Düsseldorfer Polizeipräsidium.

Peter ging zum Café hinüber und stand noch suchend in der Eingangstür, als ihm sein Freund und ehemaliger Kollege von einem Tisch am anderen Ende des Lokals zuwinkte.

»Hallo, hier bin ich.«

»Hallo, Harald, was hast du für mich?«

»Einen Kaffee bestellt und dieses Foto hier«, sagte Harald Berger grinsend; dann drückte er Peter Stettner Letzteres in die Hand.

Peter sah sich das Foto lange an, auf dem zwei Personen vor einem Schalter zu sehen waren. Auch wenn die Frau am linken Rand nur schräg von hinten zu sehen war, blieb kein Zweifel: Es war Michaela.

»Wann wurde das gemacht?«

»Gestern Vormittag. Mein Kollege Werner Finger hatte es am Flughafen auf einen Dealer abgesehen und dabei Michaela vor die Linse bekommen. Der ist auf Zack! Als er heute Morgen die vergrößerten Bilder aus dem Labor bekam, ist er gleich zu mir gekommen. Zum Glück war er informiert, dass ich … äh, dass du diese Frau suchst.«

»Ja, das ist wirklich spitze. Auf dem Flughafen ist das aufgenommen, sagtest du?«

»Ja.«

»Wisst ihr auch zufällig, was sie da gemacht hat?«

»Ja und nein.«

»Was bedeutet das, Harald? Lass dir doch nicht alles einzeln aus der Nase ziehen!«, fragte Peter ungeduldig.

»Wohin sie genau wollten, wissen wir nicht, aber die beiden standen an einem Schalter an. Vermutlich haben sie dort eingecheckt.«

»Die beiden?«

»Ja, der Mann auf dem Foto war ihr Begleiter.«

»Mist, dass ich keiner mehr von euch bin. Ich kann ja unmöglich zum Flughafen rausfahren und Auskunft verlangen.«

»Darum geh ich ja mit.«

»Danke, du bist wirklich ein Freund«, sagte Peter.

Die Kellnerin brachte den Kaffee, und Harald Berger beglich auch gleich die Rechnung. Ungeduldig stürzte Peter den noch viel zu heißen Kaffee hinunter und drängte Harald zum Aufbruch. Sein ehemaliger Kollege ließ sich jedoch nicht aus der Ruhe bringen.

»Keine Eile, Peter, weg ist sie allemal.«

»Du hast recht«, sagte Peter mit einem süß-sauren Grinsen und mühte sich um Geduld, bis Harald seinen Kaffee ausgetrunken hatte.

Dann gingen die beiden zu Haralds Dienstwagen hinaus, einem dunkelblauen Ford Mondeo, und starteten in Richtung Airport.

Sie erreichten den Flughafen nach kaum zwanzig Minuten Fahrt, stellten den Wagen in die Tiefgarage und gingen zu dem Schalter, der auf dem Foto zu sehen war. Harald gab sich als Polizist zu erkennen, stellte Peter vor und zeigte der freundlichen jungen Frau seinen Dienstausweis. Glücklicherweise war in diesem Moment nicht viel los, sodass sie in Ruhe mit ihr sprechen konnten.

Harald hielt ihr das Foto hin und sagte: »Diese beiden Leute haben gestern früh bei Ihnen eingecheckt. Können Sie sich noch daran erinnern?«

»Gestern hatte meine Kollegin Frau Becker Schalterdienst. Warten Sie, ich rufe sie her.«

Die junge Frau rief ihre Kollegin herbei, stellte Harald und Peter vor, und Peter fragte: »Können Sie sich an diese Leute auf dem Foto erinnern? Sie müssen gestern Morgen hier eingecheckt haben.«

Die Angestellte der Luftfahrtgesellschaft sah das Foto lange und intensiv an, dachte fast noch länger nach und sagte dann: »Ja, ich kann mich erinnern. Allerdings besser an ihn, denn er sieht meinem geschiedenen Mann sehr ähnlich.«

»Wo sind die beiden denn hingeflogen?«

»Das kann ich Ihnen aus dem Gedächtnis nur zum Teil beantworten. Gekommen sind sie jedenfalls zusammen aus Paris. Er flog Business-Class weiter nach Rom, da bin ich mir ziemlich sicher, bei ihr weiß ich es leider nicht mehr. Es war zwischen elf und zwölf, da ist hier immer die Hölle los.«

»Sie heißt Michaela Stettner. Können wir die Passagierlisten einsehen?«

»Nein, nicht ohne richterliche Anordnung. Aber halt mal, Sie heißen doch auch Stettner, nicht wahr?«, sagte sie und schaute Peter dabei fragend an.

»Ja, sie ist meine Frau und schon seit mehreren Jahren verschollen. Die Sache hier ist nur halboffiziell, deshalb ist das mit der richterlichen Anordnung nicht so einfach.«

»Wer sagt mir denn, dass Ihre Motive nicht unlauter sind?«

»Ich«, schaltete sich nun Harald Berger ein. »Herr Stettner war bis vor wenigen Jahren selbst Polizist. Er ist Frührentner, und seine Frau ist vor einigen Jahren über Nacht spurlos verschwunden. Okay, ich mache Ihnen einen anderen Vorschlag. Sehen Sie bitte in Ihren Listen nach, und wenn Sie Michaela Stettner darin gefunden haben, sagen Sie uns das. Ich besorg dann die Anordnung.«

»Ich weiß zwar nicht, warum ich das mache, aber ich helfe Ihnen.«

Die Frau lächelte Peter aufmunternd zu, drehte sich um und ging zu einem Regal. Dort angekommen, nahm sie einen Ordner heraus und sah die entsprechenden Listen durch. Als sie am Ende angekommen war, fing sie noch einmal von vorne an. Dann ging sie an den Computer und druckte etwas aus.

Mit einem Blatt in der Hand kam sie an den Schalter zurück und meinte bedauernd: »Es ist leider keine Michaela Stettner dabei. Allerdings habe ich in der fraglichen Zeit gleich zwölf Michaelas mit anderen Familiennamen gefunden. Zwei davon flogen nach Rom, eine nach Mailand, eine nach Athen, eine weitere nach Lissabon. Außerdem flogen zwei Michaelas nach New York, eine nach Miami, zwei nach Sydney, eine nach Johannesburg und eine nach Sankt Petersburg. Es kann mich zwar meinen Job kosten, aber ich fühle mit Ihnen, Herr Stettner. Deshalb habe ich Ihnen die vollen Familiennamen all dieser Michaelas samt ihren Flugzielen ausgedruckt.«

Die junge Frau hielt Harald Berger das Blatt hin. Berger nahm es entgegen und sagte: »Danke, Frau Becker, falls wir noch Fragen haben, melden wir uns wieder. Auf Wiedersehen.«

Peter stand wie versteinert dabei und sagte gar nichts. Er hatte sich mehr von dieser Befragung erhofft.

Harald musste Peter mit sanfter Gewalt vom Schalter fortziehen, denn von selbst hätte er sich keinen Schritt bewegt. Erst kurz vorm Ausgang kam wieder etwas Leben in ihn.

Er blieb stehen und fragte seinen Kollegen: »Harald, was nutzt uns das, was wir erfahren haben?«

»Ach, so schlecht war das gar nicht.«

»Meinst du? Wir wissen ja nicht einmal, ob eine dieser Frauen wirklich Michaela ist. Und selbst wenn: Wie sollen wir die Spuren von zwölf Personen verfolgen, die über die ganze Welt verstreut sind?«

»Das weiß ich im Moment noch nicht. Aber für mich steht fest, dass unsere Michaela nicht in Deutschland wohnt.«

»Ich bin mir da nicht so sicher.«

»Wäre sie sonst direkt weitergeflogen?«

»Du hast recht, vermutlich nicht. Aber bringt uns dieses Wissen weiter?«

»So routiniert, wie sie hier offenbar aufgetreten ist, ist sie vielleicht eine Vielfliegerin. Könnte doch sein, dass sie bald wieder mal hier auftaucht. Wenn wir bis nächste Woche nicht weitergekommen sind, besorgen wir uns erneut die Listen und vergleichen sie mit denen von heute. Wenn wir Glück haben, finden wir vielleicht Übereinstimmungen.«

»Na ja«, sagte Peter keineswegs überzeugt, »was ist, wenn wir schon mit dem Vornamen auf dem Holzweg sind?«

»Klar könnte das sein. Aber gibt es da nicht noch diese Tante von Michaela? Du wolltest damals nicht, dass ich bei ihr ermittle, weil du selbst noch in gutem Kontakt mit ihr warst. Sie lebt in einem Altenheim, oder?«

»Ja, die gibt's, aber sie ist keine Hilfe mehr für mich, denn sie können wir ganz bestimmt nicht mehr befragen.«

»Wieso?«

»Weil sie bereits seit einiger Zeit dement und kaum noch ansprechbar ist.«

»Wer bezahlt denn ihren Heimplatz …?«

»Sie selbst. Genau genommen überweist ihr Anwalt das Geld, der ihr nicht gerade kleines Vermögen in Treuhänderschaft verwaltet. Als ich sie das vorletzte Mal besuchte, war sie zwar auch schon ziemlich durcheinander, aber immerhin brachte ich heraus, dass Michaela sie schon seit Jahren nicht mehr besucht hat; das haben auch die Pfleger bestätigt.«

»Dann können wir diese Spur auch vernachlässigen«, meinte nun auch Harald frustriert.

Wie sollte er seinen Freund jetzt noch aufmuntern?

Schweigend stiegen sie in Haralds Dienstwagen und fuhren zum Café zurück, denn dort stand noch immer Peters Auto.

Peter zeigte es Harald zwar nicht, als er sich verabschiedete, aber er war vollkommen am Boden zerstört. Er hatte sich so viel von dieser Fahrt nach Düsseldorf versprochen, und nun hielt er nichts, aber auch gar nichts in den Händen. Unter diesen Umständen konnte er noch nicht nach Hause fahren. Ziellos fuhr er durch Düsseldorf und suchte nach einer Kneipe, um sich sinnlos zu besaufen. Um erst gar nicht auf die Idee zu kommen, betrunken Auto zu fahren, entschied er sich für ein Lokal am Rande der Altstadt, in dessen Nachbarschaft sich ein Hotel befand. Dieses machte zwar nicht gerade einen vertrauenerweckenden Eindruck, aber das war ihm egal. Alles, was er wollte, war, seinen Kummer mit möglichst viel Alkohol hinunterzuspülen, seinen Rausch auszuschlafen und irgendwann am nächsten Vormittag nach Kelkheim zurückzufahren.

Während Peter mit Altbier seinen Kummer hinunterspülte, hatte Verena zu Hause alle Hände voll zu tun, um Stefan von seinen Problemen abzulenken. Mitten in der Nacht entschied sie sich, sich am nächsten Morgen krank zu melden und bei ihrem Freund zu bleiben. Er brauchte sie jetzt einfach dringender als ihre Kolleginnen.

Sie hatten den Frühstückstisch noch nicht lange abgeräumt, da begannen die Ereignisse sich zu überschlagen. Zuerst kam um halb eins Peter zurück. Aber ohne auch nur nach Stefan und Verena zu sehen, schlurfte er direkt in sein Wohnzimmer, ließ sich in seinen Sessel fallen und begann erneut, sich hemmungslos zu betrinken. Kurz nach dreizehn Uhr, Peter hatte sich schon einige hochprozentige Drinks einverleibt, standen plötzlich zwei Herren von der Kripo vor der Tür und verlangten energisch Einlass.

»Sind Sie Herr Weimershaus?«, fragten sie Stefan, der ihnen öffnete.

»Ja, wieso?«

»Fragen Sie nicht so dumm«, blaffte der ältere der beiden Beamten ihn an, und sein jüngerer Kollege setzte um einiges gemäßigter hinzu: »Weil wir mit Ihnen zu reden haben. Können wir hereinkommen?«

»Aber natürlich.«

Stefan trat zur Seite und ging mit den Beamten in Peters Wohnzimmer. Er hoffte, Peter wäre noch so weit ansprechbar, dass er ihm helfen konnte. Denn er fühlte, dass er den Beistand von Verenas Onkel brauchen würde. Stefan fühlte sich dem älteren Beamten in keiner Weise gewachsen. Verena erwartete sie bereits im Wohnzimmer, und Peter, der schwer angeschlagen in einem Sessel hing, bot ihnen mit schwerer Zunge Platz an.

»Kollegen, was … was wollt ihr denn?«, fragte er lallend, worauf der ältere Beamte, der sich als Kriminalhauptkommissar Jäger vorstellte, pikiert fragte: »Wer sind denn Sie?«

»Ich bin Peter Stettner … ich war … war früher der … der stellvertretende Bereichsleiter Rausch… Rauschgift der Abteilung OK im Polizeipräsidium Frankfurt«, brachte Peter langsam, aber erstaunlich zusammenhängend heraus.

»Wir müssen mit Herrn Stefan Weimershaus sprechen. Er wird dringend verdächtigt, den Diebstahl eines Überseecontainers, der mit Holz gefüllt war, in die Wege geleitet zu haben«, erklärte nun der jüngere Beamte, der sich als Kommissar Hundt vorgestellt hatte.

»Wieso denn das?«, fragte nun Verena.

»Und wer sind Sie?«, fragte der Kriminalbeamte zurück, ohne auf ihre Frage einzugehen.

»Ich bin Verena Stettner, Peter Stettners Nichte und Verlobte von Stefan Weimershaus.«

Stefan warf seiner Freundin einen zugleich verwunderten und erfreuten Blick zu. Ihm war klar, dass Verena das mit der Verlobung mit Sicherheit auch deshalb gesagt hatte, um bei der Vernehmung nicht aus dem Zimmer geschickt zu werden. Trotzdem gefiel es ihm sehr, das zu hören. Und dass sie sich so sehr hinter ihn stellte, war Balsam für seine Seele.

Verena ließ den Polizisten keine Zeit, näher darauf einzugehen, denn sie fragte die Beamten ziemlich scharf: »Warum ist Stefan denn verdächtiger als andere Leute aus der Firma?«

Während Jäger beharrlich schwieg, gab sein jüngerer Kollege bereitwillig Auskunft: »Ganz einfach. Ein Gespräch mit diesem Herrn Meier aus Koblenz hat nie stattgefunden. Herr Meier hat uns das bestätigt. Dass Herr Weimershaus mit ihm telefoniert haben soll, hat niemand mitbekommen. Außerdem war er der Letzte in der Firma. Nur er kann also die Alarmanlage abgeschaltet haben.«

»Wieso?«, fragte nun Peter, um dann leicht stockend fortzufahren: »Die ga… ganze Sache könnte doch arrangiert worden sein. Zum Bei… Beispiel vom Chef selbst.«

»Wieso sollte er das tun?«

»Versicherungsbetrug.«

»So einen Blödsinn hab ich ja noch selten gehört«, schnaubte Jäger. Hundt blickte eher nachdenklich. Dennoch ergänzte er:

»Weber kann auch unmöglich die Alarmanlage manipuliert haben. Und manipuliert wurde sie, das steht zweifelsfrei fest.«

»Warum denn?«

»Weil die Alarmanlage, was keiner außer dem Chef weiß, aufzeichnet und drei Wochen lang speichert, wann sie aktiviert und deaktiviert wurde. Sie wurde um einundzwanzig Uhr siebenundvierzig eingeschaltet, war um zweiundzwanzig Uhr zwei scharf und um zweiundzwanzig Uhr neun wieder abgeschaltet. Herr Weber ist mit seinem Auto aber um zwanzig Minuten nach zehn am Darmstädter Kreuz in Nordrichtung in eine Radarkontrolle gefahren. Ein besseres Alibi gibt's nicht.«

Doch Peter wollte sich nicht so schnell geschlagen geben. Deshalb ging er mit seiner nächsten Frage zum Angriff über: »Warum hätte denn Herr Weimershaus die Alarmanlage zuerst ein- und kurz darauf wieder ausschalten sollen?«

»Ganz einfach!«, rief Jäger triumphierend. »Klaus Schröder hat Sie laut seiner Aussage noch zum Schaltschrank gehen sehen. Da Sie nicht wussten, wie viel er noch mitbekommt, mussten Sie die Anlage erst mal einschalten. Und als Sie sich vergewissert haben, dass der Kollege weg war, haben Sie das Ding klammheimlich wieder abgestellt.«

Es war ganz offensichtlich: Zumindest Jäger hatte sich längst auf Stefan eingeschossen.

»Soweit mir bekannt ist«, sagte Verena scharf, »gibt es da noch den Geschäftsführer und den Verkaufsleiter. Selbst die Chefsekretärin kommt als mögliche Täterin in Frage.«

Das brachte ihr einen anerkennenden Blick von Peter und einen geringschätzigen von Jäger ein, der vermutlich dachte: Pah, Frauen und Logik. Denn er knurrte sarkastisch: »Aber klar; die war ganz sicher der Anrufer.«

»Na… natürlich nicht sie persönlich«, kam Peter seiner Nichte zu Hilfe, »aber mit einem Komplizen zusammen …«

»Vermutlich war es nicht so«, unterbrach Kommissar Hundt ihn, »denn sie hat genau in der Zeit, als das Telefonat angeblich stattfand, im nahen Supermarkt eingekauft. Das bestätigt nicht nur der Kassenzettel, sondern auch die Kassiererin, die Frau Kramer seit Jahren kennt.«

»Was heißt ›angeblich stattfand‹? Haben Sie noch nicht mit der Telefongesellschaft gesprochen, welche Gespräche unter diesem Anschluss in der Zeit geführt wurden?«

»Doch, aber das war wenig aufschlussreich. Ein Gespräch kam von einer Schreinerei im Vogelsberg und dauerte fünfzehn Minuten. Ein zweiter Anruf kam aus einer Telefonzelle in der Frankfurter Innenstadt und dauerte zwölf Minuten.«

»Telefonzelle? Das ist doch verdächtig!«

»Muss es nicht sein. Es kann genauso gut ein Schreiner gewesen sein, der auf einer Baustelle war und eine Anfrage hatte. Laut Herrn Weber kommt das öfter vor.«

»Heutzutage hat doch jeder Handwerker ein Handy dabei.«

»Da ist auch mal der Akku leer, oder es wurde vergessen!«, blaffte Jäger sein Gegenüber an, denn es passte ihm gar nicht, dass Peter den Spieß umdrehte und nun seinen Kollegen Hundt ausfragte.

Ein Amateur, der ihm versuchte ins Handwerk zu pfuschen! Wo gab's denn so etwas?

Peter ließ sich jedoch nicht aus der Ruhe bringen und fragte ungerührt: »Wie sieht es denn mit den anderen aus?«

Jäger war nicht gewillt, Auskunft zu geben: »Das geht Sie nichts an.«

Aber Kommissar Hundt sagte: »Herr Trost, der Geschäftsführer, ist schon seit fast dreißig Jahren in der Firma und steht kurz vor der Rente. Warum sollte er so etwas tun? Außerdem hat er mit seiner Frau einige Tage bei der Tochter im Allgäu verbracht. Die Memminger Kollegen überprüfen das gerade.«

Nun ergänzte auch Jäger – warum, wusste er wahrscheinlich selbst nicht: »Herr Stäler, der Verkaufsleiter, hat auch ein Alibi. Er war gestern den ganzen Tag bei seinem Schwager in Großen-Buseck. Stälers Frau hat bestätigt, dass er um zehn Uhr morgens aufbrach und erst kurz vor Mitternacht wieder zu Hause war.«

»Hat sein Schwager das auch bestätigt?«

»Noch nicht. Er ist gestern Vormittag abgeflogen. Auf Safari, für sechs Wochen. Stäler soll in der Zeit sein Haus hüten, das haben sie wohl gestern besprochen. Im Moment ist er noch nicht erreichbar. Erst in zehn Tagen, wenn seine Reisegruppe vom Urwald-Camp in ein Hotel umzieht, dürften wir ihn wieder erreichen.«

»Dieses Alibi ist nichts wert. Wie können Sie sich auf Herrn Weimershaus festlegen?«

Jetzt hatte Jäger endgültig genug. Er donnerte los:

»Wir stellen hier die Fragen! Hören Sie gefälligst auf, sich in unsere Ermittlungen einzumischen! Das Ganze hier geht Sie überhaupt nichts an!«

Dann wandte er sich an Stefan und fuhr ihn nicht weniger aggressiv an: »Und Sie halten sich zu unserer Verfügung. Kommen Sie morgen ins Präsidium, damit wir ein Protokoll aufnehmen können. Sonst sind Sie gleich weg vom Fenster.« Man sah ihm an, wie leid es ihm tat, Stefan nicht sogleich verhaften zu können.

Nach diesem spektakulären Schlusswort verabschiedeten sich die Beamten ziemlich schnell und fuhren mit ihrem grauen, nicht mehr ganz neuen Dienst-Vectra davon.

Drinnen sagte unterdessen Peter, der nun wieder deutlich angeschlagener wirkte: »Stefan, die scheinen dich ja gewaltig auf dem Kieker zu haben. Vor allem dieser Jäger ist von deiner Schuld überzeugt. Ich glaube, jetzt wird's ernst.«

»Ja«, seufzte Stefan, »das ist offensichtlich.«

»Was machen wir denn jetzt?«, fragte Verena.

»Ich … ich muss mal mei… meine Beziehungen …«, versuchte Peter noch zu antworten, dann sackte sein Kopf auf die Sessellehne zurück, und er schlief ein. Augenblicklich begann er so mörderisch zu schnarchen, dass es durchs ganze Haus schallte. Verena und Stefan kamen ziemlich schnell zu dem Schluss, dass es besser wäre, bei ihr zu übernachten.

6.

Als Stefan gegen halb acht erwachte, war Verena schon längst zur Arbeit aufgebrochen. Er konnte sich vage daran erinnern, dass sie ihn zum Abschied zärtlich auf die Stirn geküsst hatte. Bei dem Gedanken umspielte ein Lächeln seine Lippen. Er fühlte sich an diesem Morgen erstaunlich gut, ja fast schon entspannt, und pfiff unter der Dusche fröhlich vor sich hin. Als er mit nacktem Oberkörper aus dem Bad kam, begegnete er Verenas Mitbewohnerin Andrea, die ihn ganz verblüfft ansah.

Verena hatte Stefan vor dem losen Mundwerk ihrer Freundin gewarnt, aber sie schaffte es dennoch, ihn aus der Fassung zu bringen, indem sie fragte: »Na, was ist denn das? Bleibst du jetzt hier? Haben wir einen neuen Untermieter?«

»Nein«, antwortete Stefan nur, der so früh am Morgen nicht der Schlagfertigste war, und Andrea setzte noch einen drauf, indem sie grinsend meinte: »Hübsch bist du. Schade, dass Verena dich nicht teilen will. Wo wir doch sonst alles teilen.«

»Wir, wir mu… mussten aus dringenden Gründen hierher ausweichen«, stotterte Stefan, der um seine Fassung rang.

»Ach so.«

»Ich bin auch gleich weg.«

»Wegen mir musst du nicht gehen. Wir könnten doch zusammen frühstücken.«

»Nein, ich muss sowieso weg.«

»Das ist schade. Na ja, da kann man nichts machen, dann tschüss. Ich geh jetzt ins Bad.«

Kaum war sie im Bad verschwunden, zog sich Stefan, als wollte er Reißaus nehmen, T-Shirt und Jacke an und verließ die Wohnung. Draußen wischte er sich die Schweißperlen von der Stirn, die sich in den letzten Minuten gebildet hatten, und dachte: Was war denn das eben? Wollte mich Andrea verführen? Ich weiß nicht. Schließlich hat Verena mir erzählt, dass sie verlobt ist. Oder sollte sie mich am Ende in Verenas Auftrag testen, ob ich ihr treu bin? Vielleicht wollte sie ja auch nur einen Spaß machen. Aber so, wie ich mich angestellt habe, muss ich einen Supereindruck hinterlassen haben. Sie denkt bestimmt, ich sei vor ihr geflohen. Nun ja, vielleicht liegt sie damit ja nicht mal so falsch. Mir ist im Moment weder nach Plaudern noch nach Scherzen zumute …

Obwohl es noch nicht einmal acht Uhr war, herrschte draußen eine derartige Schwüle, dass man das nahende Gewitter förmlich spüren konnte. Selbst seine leichte Sommerjacke war Stefan jetzt viel zu warm. Er hängte sie sich über die Schulter und schlenderte über die weitläufige Altkönigstraße an dem kleinen Parkplatz mit der Grünanlage vorbei zum Bahnhof hin. Hier, wo die Straßen noch nicht so eng bebaut waren, freute er sich trotz der turbulenten Ereignisse des Vortages über diesen schönen Sommermorgen. Aber schon in der Bahnstraße, wo die Häuserzeilen sehr viel dichter zusammenrückten und große Teile der Straße im Schatten lagen, begann sich auch seine Laune zu verdüstern. Hatte er beim Verlassen des Hochhauses noch vorgehabt, sich im verkehrsberuhigten Teil der Bahnstraße ins Straßencafé zu setzen und zu frühstücken, so war ihm, als er dort ankam, die Lust dazu bereits gründlich vergangen. Er beschleunigte seine Schritte, um endlich in seine Wohnung zu kommen, die im ältesten Teil Kelkheims, der engen Hauptstraße, lag. Die Beklemmung, die sich um sein Herz legte, wurde auch nicht besser, als er die Tür zu Peter Stettners Haus hinter sich ins Schloss zog. Da schien es ihm fast schon wie ein böses Zeichen, dass das Gewitter, das sich schon seit einigen Minuten mit schwarzen Wolkenbergen über dem Taunus angekündigt hatte, in diesem Moment mit einem lauten Donnerschlag losbrach.

Im gleichen Augenblick sprach ihn Peter an: »Na, Stefan, seid ihr gestern Nachmittag ausgewandert?«

Stefan, der nicht erwartet hatte, seinen Vermieter und Freund schon wieder so fit vorzufinden, fuhr herum, entspannte sich wieder und sagte nur: »Ja«, denn ihm war nicht nach einer lockeren Plauderei zumute.

»Macht nichts, ich habe heute Morgen schon mal meine Kontakte spielen lassen«, sagte Peter nur und forderte Stefan auf, ihm ins Arbeitszimmer zu folgen.

Stefan ließ sich auf einem Stuhl nieder, der neben Peters Schreibtisch stand und gewöhnlich als Ablage diente, und fragte: »Wie meinst du das?«

»Na ja, in deiner Sache eben.«

»Warum tust du das für mich?«

»Weil ich weiß, dass du unschuldig bist. An deine Schuld glaubt doch sowieso nur der Hauptkommissar. Selbst sein Mitarbeiter scheint nicht restlos von deiner Schuld überzeugt zu sein. Ich hatte früher in meiner aktiven Zeit schon von Kommissar Jäger gehört, aber begegnet war ich ihm bisher noch nicht. Jetzt kann ich aus eigener Anschauung sagen, dass er noch schlimmer ist als sein Ruf. Aber was soll man machen, er stammt aus einer wohlhabenden und angesehenen Frankfurter Familie und hat seinen Posten zu einem großen Teil über Beziehungen bekommen. Leider ist seine Familie ziemlich einflussreich, und es ist besser, man hat gute Karten, wenn man mit ihm zu tun bekommt. Dass du die bekommst, dafür werde ich schon sorgen. Ich kann es schließlich nicht zulassen, dass der Freund meiner Nichte in die Fänge dieses Mannes gerät und wegen seiner schlampig ausgeführten Ermittlungsarbeit vor den Kadi gezerrt wird. Bei der starken Überlastung der deutschen Gerichte kommt es schließlich hin und wieder vor, dass einfach nach Aktenlage verurteilt wird, nur damit es schnell geht.«

»Ist das wahr?«

»Ja, leider. Aber man kann den Richtern nicht mal einen allzu großen Vorwurf machen. Im Grunde sind wir alle mitschuldig. Denn in diesem Land wird geklagt auf Teufel komm heraus; gegen alles und jeden. Die Gerichte müssen sich mit so viel Mist herumschlagen, da bleibt für die wirklich wichtigen Verfahren oft kaum noch Zeit. Manche Richter stehen ganz schön unter Druck.«

»Äh, ja, sag mal, was hast du denn unternommen?«

»Ach, ich habe einen ehemaligen Kollegen im Gießener Polizeipräsidium angerufen, damit er eine Überprüfung für mich macht.«

»Macht der denn das so ohne weiteres?«

»Ja, doch. Den einen oder anderen guten Draht in den Laden habe ich durchaus noch. Schließlich war ich früher als Kontaktmann zu Kollegen in ganz Europa tätig.«

»Was meinst du denn, wer das Holz gestohlen hat?«

»Das ist gar nicht so leicht zu beantworten. Aber ich bin,

wie ich schon sagte, sicher, dass da sehr viel mehr dahintersteckt als ein gewöhnlicher Holzdiebstahl. Ich denke, dass in diesem Container Schmuggelware in größerem Ausmaß versteckt war.«

»Aber die hätte doch entdeckt werden müssen!«

»Wieso? Der Container war doch noch verplombt. Für die Gangster wurde die Zeit zwar langsam knapp, aber wie gesagt, das Zollsiegel war ja noch nicht entfernt. Sag mal, wer hat eigentlich den Termin mit dem Zollamt gemacht?«

»Stäler, aber es ist wie verhext. Weber hat gesagt, dass Stäler den Termin eigentlich für Dienstag machen wollte.«

»Von wem hat er das?«

»Vermutlich von Stäler selbst.«

»Wenn er es war, der den Gangstern geholfen hat, dann muss er ja genau das behaupten. Wenn du nachher ins Präsidium fährst, versuch doch rauszubekommen, ob sie schon mit den Zollbeamten gesprochen haben.«

»Ja, mach ich. Aber warum haben die Ganoven gewartet, bis das Holz hier war? Sie hätten es doch viel früher stehlen können.«

»Vom Containerschiff runter hätten sie es kaum stehlen können, und im Rotterdamer Hafen wären sie bestimmt auch aufgefallen.«

»Aber auf dem Transport …«

»Die Trucker, die die Container transportieren, fahren meist zu zweit und sind ziemlich robuste Kerle. Die Gangster hätten mit Gegenwehr rechnen müssen, und Spuren, wie sie zum Beispiel bei einem Schusswaffenüberfall vorkommen könnten, können sie sich nicht leisten. Und schon gar keine Eskalation. Da war es so für sie am sichersten.«

»Da ist was dran. Wenn ich mir das recht überlege, heißt

das, an der Sache waren der Auktionator sowie die Zöllner in Südamerika und wer weiß noch alles beteiligt. Das heißt aber doch, das Ganze zieht immer weitere Kreise, und bedeutet …«

»Ganz genau. Hier waren international operierende Gangster am Werk. Deshalb geht es auch ganz bestimmt um etwas anderes als Holz.«

»Du denkst an Rauschgift?«

»Du bist fit. Du könntest direkt Detektiv werden. Rauschgift liegt im Zusammenhang mit Südamerika wohl am nächsten. Ich denke sogar, dass der eigentliche Drahtzieher nicht in Deutschland sitzt.«

»Wie kommst du darauf?«

»Kann ich dir so nicht einmal sagen. Vermutlich ist es eine Mischung aus Intuition und Erfahrung. Ich war schließlich lange genug im Kommissariat für organisierte Kriminalität.«

»Was meinst denn du, werden die Drahtzieher gefasst?«

»Das allerdings halte ich für nahezu ausgeschlossen. Wenn wir viel Glück haben, kommen wir in der Hierarchie bis zu denen, die hier in Deutschland die Verantwortung haben …«

»Tja, es ist wohl immer dieselbe Scheiße … an die großen Tiere kommt man nicht ran«, sagte Stefan nachdenklich. Dann fiel ihm etwas ein, was er noch gar nicht gefragt hatte: »Aber mal was anderes. Wohin, um Himmels willen, bist du denn vorgestern aus dem Gartenlokal abgedüst?«

»Ach, das war nichts Besonderes«, sagte Peter zuerst abwiegelnd, überlegte es sich dann aber anders und berichtete: »Ein ehemaliger Kollege im Präsidium Düsseldorf hat mich angerufen und mir mitgeteilt, dass meine Frau in Düsseldorf auf dem Flughafen gesehen wurde. Da musste ich unverzüglich hin. Leider lief die Spur mal wieder ins Leere …«

Mitten in Peters Erklärung platzte das Klingeln des Telefons.

Er brach den Satz ab, griff zum Hörer, meldete sich und fragte: »Na, hast du was rausgefunden, Hans-Dieter?«

Dann hörte er eine Weile zu, sagte zwischendurch: »So, wirklich? Ist das ganz sicher?«, und ganz am Ende des Gesprächs: »Na ja, da kann man nichts machen. Trotzdem danke. Wir telefonieren mal wieder, tschüss.«

Er legte auf.

»War das dein Kollege? Was hat die Überprüfung denn ergeben?«

»Ach, leider nichts. Ich hatte da jemanden im Auge, der bei dem Diebstahl ausführendes Organ hätte sein können. Doch wie mir Kollege Förster mitteilt, sitzt der schon seit einem Jahr wegen Mordversuchs in Butzbach ein. Aber sei getröstet, ich habe noch andere Eisen im Feuer. So schnell geben wir nicht auf. Wir wollen ja schließlich deine Unschuld beweisen.«

»Meinst du, wir schaffen's?«

»Müssen wir. Auf diesen Kommissar möchte ich mich nur ungern verlassen.«

»Warum suchen wir nicht einfach den, der die Alarmanlage abgestellt hat?«

»Weil das nicht so einfach ist. Zumindest nicht für uns als Privatleute. Wer, meinst du wohl, würde uns freiwillig Auskunft geben? Wir sind nicht die Polizei. Selbst Privatdetektive haben in den Augen der Leute mehr Gewicht als wir.«

»Ja, das stimmt wohl leider. Was willst du unternehmen? Hast du noch einen Trumpf in der Hinterhand?«

»Klar doch. Ein Peter Stettner gibt nicht kampflos auf! Da dieser Kommissar Jäger sich auf dich eingeschossen hat und partout nicht in andere Richtungen ermitteln will, bleibt uns nur eine Chance. Wir müssen die Gangster aufschrecken. Vielleicht entwickelt die Sache dann eine gewisse Eigendynamik.«

»Und wie sollen wir das machen? Sag schon!«

»Ich kenne da einen Kriminalhauptmeister im Wiesbadener Präsidium. Ihn an seinem Arbeitsplatz zu kontaktieren ist zwar schwierig, aber wir müssen es so schnell wie möglich probieren.«

So langsam bekam Stefan eine Vorstellung davon, wie viele Kontakte Peter in seiner aktiven Zeit geknüpft hatte. Deshalb konnte er auch verstehen, dass Peter mit dem Gedanken spielte, eine Detektei zu eröffnen. Er hatte recht. Es wäre eine Schande, diese Kontakte ungenutzt zu lassen.

Noch während Stefan darüber nachdachte, nahm Peter den Hörer ab, stellte auf Mithören, wählte die Nummer, die er auswendig wusste, und nach dem dritten Läuten wurde auf der Gegenseite abgenommen.

»Polizeipräsidium Wiesbaden, Telefonzentrale, Antje Folgmann, was wünschen Sie?«

»Guten Tag, mein Name ist Peter Stettner. Ich hätte gern mit Kriminalhauptmeister Jörg Stuhlbein vom Raubdezernat gesprochen.«

»In welcher Angelegenheit?«

»Privat.«

»Privatgespräche über den Dienstapparat sind leider verboten.«

»Ich weiß, aber es ist wichtig. Der Großvater von Herrn Stuhlbein ist angefahren worden«, log Peter ziemlich dreist.

Aber er hatte Erfolg damit, und nur das zählte.

»Na gut«, sagte die Telefonistin nach kurzem Zögern, »ich stelle Sie durch. Aber machen Sie bitte nicht zu lange.«

»Okay, danke«, sagte Peter, und nicht einmal dreißig Sekunden später hatte er Jörg am Apparat.

»Hier Kriminalhauptmeister Stuhlbein, Raubdezernat, guten Tag.«

»Hallo, ich bin's, Peter Stettner.«

»Hallo Peter, ich hab's schon gehört. Mein Großvater musste mal wieder herhalten. Mal ein Glück, Frau Folgmann weiß nicht, dass ich gar keinen mehr habe … Was gibt es denn so Wichtiges, dass du mich hier im Präsidium anrufst?«

Peter umriss den Fall ganz kurz und sagte abschließend: »Ich habe in diesem Zusammenhang an Herbert Borowski gedacht. Der ist doch Spezialist für Diebstähle mit Schwerlastwagen. Was macht der denn im Moment?«

»Peter, sag mir erst mal, bist du wieder auf der Pirsch, oder warum willst du das wissen?«

»Nein, es ist eine private Ermittlung. Der Verlobte meiner Nichte wird zu Unrecht verdächtigt. Aber vielleicht mache ich mich ja selbstständig.«

»Ja, das ist eine gute Idee, tu das. Aber nun zu Herbert Borowski: Der lebt nicht mehr.«

»Wie denn das?«

»Krebs.«

»Also auch der nicht.«

»Wieso, an wen hattest du denn sonst noch gedacht?«

»Gustav Kowalke aus Wölfersheim; der sitzt.«

»Ja, Borowski und Kowalke wären die idealen Kandidaten für so eine Nummer gewesen, da hast du recht. Man merkt, dass du noch immer nicht ganz aus der Materie raus bist.

Leider habe ich so auf die Schnelle auch keinen anderen Namen anzubieten.«

»Borowskis Sohn …«

»Dem war nie nachzuweisen, dass er mit den Geschäften seines Vaters zu tun hatte. Außerdem hat er das alte Industriegelände zwischen Wiesbaden-Biebrich und Kloppenheim verkauft, um seine Frau auszuzahlen. Die hat sich von ihm scheiden lassen. Danach hat er Hessen verlassen. Er ist jetzt in Füssen als Arbeitsloser gemeldet.«

»Ist seine geschiedene Frau noch da?«

»Kann ich dir nicht mal sagen. Ich wüsste jetzt nicht mal, ob sie noch Borowski heißt oder ob sie ihren Mädchennamen wieder angenommen hat. Sie war ja damals definitiv nicht in die Machenschaften ihres Schwiegervaters verwickelt.«

»Kannst du für mich feststellen, ob sie ihren Mädchennamen wieder angenommen und unter diesem Namen Grundbesitz erworben hat? Ach ja, und um welche Art Besitz es sich handelt.«

»Sieh mal an. Du vermutest also, dass sie doch mit drinhängt und die Scheidung nur Tarnung war … So taucht der Name Borowski nicht mehr auf. Gar keine schlechte Idee. Klar kann ich das feststellen. Ich werd sogar noch mehr tun, wenn ich einen Verbündeten finde.«

»Wieso, was meinst du?«

»Da ich so etwas nicht anordnen darf, ich bin ja noch kein Kommissar, muss ich mir jemanden suchen, der einen Streifenwagen hinschickt, um nach dem Rechten zu sehen. Ob dieser Grundbesitz – so sie denn welchen hat – ein geeignetes Gelände wäre, um einen Container dieser Größe kurzfristig unterzustellen.«

»Oh ja, das wäre mir eine große Hilfe.«

»Okay, ich werd versuchen, was ich tun kann.«

»Danke, das wär's erst mal. Du hast bei mir was gut. Tschüss, und melde dich, sobald es etwas Neues gibt.«

»Ja, mach ich, tschüss.«

Kaum hatte Peter aufgelegt, da sah er Stefan an und sagte: »So, jetzt müssen wir warten, was bei der Sache rauskommt. Wann solltest du noch mal aufs Präsidium fahren, um das Protokoll zu unterschreiben?«

»Um fünfzehn Uhr.«

»Na, dann musst du dich aber beeilen; es ist schon nach zwei.«

»Oh ja, dann brech ich mal auf …«

»Ja, und lass dich von Jäger nicht unterkriegen!«

Während Stefan mit einem mulmigen Gefühl in der Magengegend den Raum verließ, verfiel Peter prompt wieder ins Grübeln. Mit den sehnsüchtigen Gedanken an Michaela überwältigte ihn auch sogleich der Durst, und er öffnete die erste Bierflasche.

Etwa zur gleichen Zeit quetschte Jörg Stuhlbein im Wiesbadener Polizeipräsidium seinen Computer aus. Irgendwo in den inzwischen auf CD-Rom gespeicherten Polizeiakten musste der Mädchenname von Frau Borowski auftauchen. Er las fast die gesamte Akte durch, denn da die geschiedene Frau von Toni Borowski als vollkommen unverdächtig galt, waren auch ihre Personalien nach Abschluss der Ermittlung nicht gezielt gespeichert worden. Da endlich, auf einer der letzten Seiten, stand der gesuchte Name. Er tauchte im Zusammenhang mit einem Verhör ihres Schwiegervaters auf. Frau Borowski hieß früher Weidner. Bettina Weidner.

»Na endlich«, murmelte er vor sich hin und sah auf seine Armbanduhr.

Es war zwar erst kurz nach drei, aber Freitagnachmittag. Ob er noch jemanden im Einwohnermeldeamt erreichen würde? Kurzerhand nahm er den Hörer von der Gabel, wählte die Nummer und bekam auch sofort Anschluss. Er erklärte sein Anliegen, machte es dringend, und es grenzte fast schon an ein Wunder, dass der Amtsschimmel vor den Beamten Feierabend gemacht hatte. Die Dame im Amt erklärte sich sofort und unbürokratisch bereit, das in die Hand zu nehmen, ließ sich Frau Weidners Namen geben und versprach in der nächsten halben Stunde zurückzurufen.

Es dauerte keine halbe Stunde, da läutete das Telefon auf Jörgs Schreibtisch.

»Ja, Herr Stuhlbein«, sagte die Dame, nachdem Jörg sich gemeldet hatte, »Frau Weidner wohnt noch in Wiesbaden. In Frauenstein, Georgenborner Straße.«

»Sie wissen nicht zufällig, ob das ein Haus oder eine Wohnung ist?«

»Nein, aber im Katasteramt müsste man Ihnen weiterhelfen können.«

»Gut. Danke für Ihre unbürokratische Hilfe!«

Unverzüglich rief Jörg Stuhlbein als Nächstes dort an und konnte sein Glück kaum fassen: Auch im Katasteramt wurde noch gearbeitet. Allerdings musste er in dieser Behörde mit Engelszungen auf den diensthabenden Beamten einreden, bis dieser bereit war, ausnahmsweise den Amtsweg zu verlassen und der Bürokratie, die die Sache mindestens bis zum Montag verzögert hätte, eine Absage erteilte. Schließlich erklärte er sich bereit, ein Fax ins Präsidium zu schicken, direkt ans Raubdezernat. Aber auch er bestand genau wie die Frau im Einwohnermeldeamt darauf, dass er sich die Nummer selbst besorgen wolle. Stuhlbein verstand die Leute. Woher sollten sie schließlich wissen, dass er wirklich Polizist war und keine unlauteren Ziele verfolgte?

Deshalb rechnete er auch mit einer längeren Wartezeit, aber es war noch nicht einmal halb vier, als er die Nachricht erhielt: einen Grundbuchauszug und einen Lageplan, aus dem hervorging, dass das Gebäude, in dem Frau Weidner wohnte, ein ehemaliger Bauernhof war. Nachdem Jörg Stuhlbein festgestellt hatte, dass der Hof etwa einen Kilometer vom Ortsrand des Wiesbadener Stadtteils entfernt am Waldrand lag und reichlich Nebengebäude besaß, erschrak er. Sollte Peter Stettner am Ende recht haben und Borowskis Sohn hinter der Sache stecken?

Aufgeregt sprang er auf und lief hinüber ins Büro seines Vorgesetzten Frank Hecht, der erst vor wenigen Jahren ins Wiesbadener Präsidium versetzt worden war. Er platzte ohne anzuklopfen hinein und sprudelte sofort los: »Ist es möglich, dass wir mal einen Wagen nach Frauenstein in die Georgenborner Straße schicken?«

»Warum das?«, fragte Hecht irritiert und blickte von dem Bericht auf, den er gerade las.

»Weil ich an einer ganz interessanten Sache dran bin«, antwortete Stuhlbein wahrheitsgemäß und erzählte alles, was er herausgefunden hatte. Den Namen Peter Stettner erwähnte er vorsichtshalber nicht.

»Ach, haben die Frankfurter ein Amtshilfeersuchen an uns gestellt? Die Sache mit dem Holzcontainer liegt schließlich in deren Zuständigkeit.«

»Nein, nein, es waren nicht die Frankfurter, die bei mir angefragt haben.«

»Wer denn? Los, Jörg, raus mit der Sprache!«, forderte Hecht seinen Kollegen auf.

»Äh ja, es war eine private Anfrage.«

»Ja bist du denn von allen guten Geistern verlassen? Wir sind weder ein Auskunfts- noch ein Detektivbüro. Wir sind die Kriminalpolizei.«

»Es war ein ehemaliger Kollege; ein Bekannter von mir. Er ist absolut zuverlässig.«

»Das macht's auch nicht besser«, erklärte Frank Hecht zuerst scharf, um dann nachdenklicher hinzuzusetzen: »Sag schon, wer war es denn?«

»Er war bei der Frankfurter Kripo, bei der OK, ist aber dort raus …«

»Du meinst doch nicht etwa Peter Stettner?«

»Doch, genau den.«

»Er ist ein Bekannter von dir?«

»Ja. Wir haben uns vor zehn Jahren kennengelernt. Ich war noch neu bei der Polizei.«

»Warum sagst du das nicht gleich? Das ist natürlich etwas ganz anderes. Mit Peter war ich beim Kommissar-Lehrgang.«

»Das wusste ich nicht.«

»Wie solltest du auch, das war noch in meiner Darmstädter Zeit.«

»Dann weißt du ja auch …«

»Dass sie Peter damals übel mitgespielt haben, ja. Diese Abschiebung zur Schutzpolizei war schon … na ja. Ist er am Ende unter die Privatdetektive gegangen?«

»Nein. Sein, beinahe hätte ich jetzt ›Schwiegerneffe‹ gesagt, steht im Verdacht, mit dem Diebstahl etwas zu tun zu haben; ihn will er entlasten.«

»Hat er gesagt, wer den Fall bearbeitet?«

»Ja, ein Kommissar Jäger.«

»Oh weh … dann braucht er wirklich dringend Hilfe.

Selbstverständlich werden wir einen Wagen hinschicken. Heute geht das …«, begann Hecht und sah dabei auf seine Armbanduhr, »… aber nicht mehr. Meister und Löffler haben schon Feierabend gemacht, Wenzel ist krank, und Horvath ist bei seiner schwangeren Frau in der Klinik. Aber morgen früh, da schicken wir Meister und Löffler hin; Peter wird sich freuen. Die beiden sollen ein bisschen mehr tun als gucken. Sie sollen sich unter irgendeinem Vorwand Zutritt zum Stall verschaffen und sich dort unauffällig umsehen.«

»Das willst du tun?«, fragte Jörg Stuhlbein erstaunt, während er seinen Kollegen hinaus zum Kaffeeautomaten begleitete. Denn bislang kannte er seinen Vorgesetzten nur als überaus korrekten Beamten.

»Klar, für Peter Stettner immer. Der war in seiner aktiven Zeit auch jederzeit bereit, alle Fünfe gerade sein zu lassen, um zu helfen, wo immer Hilfe nötig war. Aber für jeden anderen von diesen arroganten Frankfurtern würde ich nicht einen Handstreich mehr tun als das, worum ich auf dem offiziellen Weg gebeten werde.«

»Okay, morgen früh also. Ich mach jetzt auch Feierabend. Elf Stunden Dienst sind genug …«

»Ja, tschüss«, sagte Frank Hecht und sah kurz von seiner Lektüre auf, »ich hab ja Nachtdienst. Ich lege Meister einen Zettel hin, bevor ich gehe, damit sie gleich fahren, wenn sie kommen.«

Während Jörg Stuhlbein mit dem Fahrstuhl nach unten fuhr, kramte er sein Handy aus der Tasche und rief, kaum dass er das Gebäude verlassen hatte, Peter an. Er erzählte ihm, was er herausgefunden hatte und dass Frank Hecht, sein Vorgesetzter, ihm grünes Licht für sein Vorhaben gab.

Erstaunt fragte Peter: »Meinst du den Frank Hecht, der früher in Darmstadt war?«

»Vermutlich schon, denn er kannte dich. Nur deshalb hat er zugestimmt, einen Wagen hinzuschicken.«

»Er ist dein Vorgesetzter?«

»Ja, über ihm gibt es nur noch Kriminalhauptkommissar Wendel, unseren Dezernatsleiter. Zu ihm hätte ich nicht gehen können.«

»Das kann ich mir vorstellen. Ich kenne Wendel besser, als mir lieb ist. Aber dass Frank bei euch ist, freut mich für euch. Er ist immer fair. Und gewissenhaft …«

»Ja, das stimmt.« Jörg berichtete von Franks Anordnung, die Beamten mögen morgen auch einen Blick in die Nebengebäude werfen.

»Prima, auf Frank kann man sich verlassen … auf dich natürlich auch. Vielen Dank für eure Hilfe, du hast was gut bei mir. Wenn ihr Hinweise findet …«

»Dann unterrichten wir dich selbstverständlich.«

Es war nur wenige Minuten nach drei, als Stefan im neuen Frankfurter Polizeipräsidium ankam, aber auf den endlos langen Fluren dieses kalt und steril wirkenden Gebäudes verlief er sich dann gründlich. Bis er das Büro von Kommissar Jäger und dessen Mitarbeiter Hundt gefunden hatte, war es schon fast halb vier.

Er klopfte an und trat ein.

Zur Begrüßung bellte Hundt sofort los: »Na, das macht aber einen sehr guten Eindruck, wenn man gleich so viel zu spät kommt!«

Aha, der Jäger und sein Hund, dachte Stefan und musste grinsen, deshalb schob er sofort nach: »Ist ja zum Glück kein Vorstellungsgespräch.«

»Ihnen werden die Sprüche schon noch vergehen!«, brüllte ihn Jäger so unvermittelt an, dass Stefan unwillkürlich zusammenzuckte und ihn verständnislos ansah.

Aber auch das gefiel dem Hauptkommissar nicht, und er sagte drohend: »Erschrecken Sie ruhig. Die Beweise gegen Sie werden immer erdrückender. Gestehen Sie endlich.«

»Welche Beweise denn?«, fragte Stefan und dachte: Was ich nicht getan habe, kann ich nicht gestehen, und du schon gar nicht beweisen. »Immerhin kann Stäler …«

Kommissar Jäger schnitt Stefan das Wort ab und sagte scharf: »Hören Sie mir doch endlich mit diesem Stäler auf, der hilft Ihnen jetzt auch nicht mehr:«

»Wie meinen Sie das?«

»Stäler ist aus dem Schneider«, antwortete Jäger triumphierend. »Wenn ich einen Verdacht gegen ihn gehabt hätte, ich sage ausdrücklich *hätte*, dann wäre das seit einer Stunde endgültig erledigt. Denn da habe ich mit dem Zollamt gesprochen. Stäler hat die Beamten ausdrücklich gedrängt, noch am Dienstag zu kommen. Er kann also unmöglich der Helfer der Diebe gewesen sein.«

Der Kommissar sah, wie Stefan die Kinnlade hinunterfiel, und er kostete diesen Triumph weiter aus, indem er sagte: »Sie sind nach unseren Ermittlungen der Einzige, der nicht nur die Gelegenheit, sondern auch ein Motiv hatte.«

»Welches Motiv?«, fragte Stefan, aufs Neue erschrocken.

»Tun Sie doch nicht so. Sie brauchten Geld.«

»Wohl kaum … meine Eltern sind nicht gerade arm.«

»Eben deshalb«, sagte Jäger, »Sie wollten nicht als Versager vor ihnen stehen.«

Plötzlich begann er unverschämt zu grinsen. »Ich habe

mich ein wenig über Sie erkundigt. Sie sind wohl genau das, was man im Volksmund eine verkrachte Existenz nennt.«

Stefan blieb vor Verblüffung der Mund offen stehen, und er war viel zu verdattert, um gegen die folgenden Ausführungen des Kommissars Einspruch zu erheben. Der fuhr triumphierend fort:

»Erst Abitur, dann Schreinerlehre, das geht ja noch, auch wenn es schon sonderbar ist, dass Sie nicht beim Vater ins Geschäft einsteigen. Was dann kommt, ist allerdings weniger günstig. Sie haben an zahlreichen Demonstrationen teilgenommen, zum Beispiel gegen Castor-Transporte und gegen den Krieg im Irak. Und nach Ihrem … äh … Zivildienst«, er sprach das Wort mit Todesverachtung aus, »haben Sie gar kein Bein mehr auf den Boden bekommen. Nur noch Gelegenheitsjobs, lange arbeitslos. Und das, obwohl Sie bei Ihrem Vater im Betrieb goldenen Zeiten entgegengeblickt hätten. Wären Sie nur nicht so arbeitsscheu. Bei so einem Werdegang wundert mich gar nichts mehr.«

Stefan war völlig perplex. Eigentlich hätte er einfach aufstehen und gehen sollen. Es war offenkundig, dass Jäger ihn mit diesen lächerlichen Denunzierungen nur einschüchtern wollte. Leider hatte er keine Zeugen – sonst würde ein so unmögliches Verhalten Jäger den Fall kosten. Immerhin, sein Kollege Hundt schaute sehr betreten drein; ihm waren die Grenzüberschreitungen seines Vorgesetzten sichtlich unangenehm.

Es gab keinen Zweifel: Dieser Kommissar konstruierte sich auf haarsträubende Art und Weise Motive und Täter zusammen, und sein Mitarbeiter, der auch nicht viel heller zu sein schien, sah ihm tatenlos dabei zu. Deshalb ließ Stefan das Verhör, das noch so manchen ungezielten Vorstoß enthielt, einfach über sich ergehen. Am Ende las er das Protokoll aufmerksam durch und stellte fest, dass darin nicht das Geringste von der Voreingenommenheit der Ermittler zu bemerken war. Jäger war seinem Job eindeutig nicht gewachsen, denn er stocherte ziellos im Nebel herum und hoffte auf einen Zufallstreffer, ohne wirklich zu wissen, was er tat. Immerhin, das konnte er in seinen Aufzeichnungen gut vertuschen.

Plötzlich riss der Kommissar Stefan aus seinen Gedanken, indem er sagte: »So, wir sind jetzt erst mal fertig mit Ihnen. Machen Sie, dass Sie rauskommen.«

Das ließ Stefan sich nicht zweimal sagen.

Noch bevor Kommissar Hundt irgendetwas Dummes von sich geben konnte, stand er auf, sagte höflich: »Auf Wiedersehen, meine Herren«, und ging zur Tür.

Während er die Tür hinter sich schloss, glaubte er Jäger noch sagen zu hören: »Schneller, als dir lieb ist.« Da sei Gott vor, dachte er mit Grauen.

Dann ging er die breite Treppe ins Erdgeschoss hinunter, auf den Parkplatz hinaus, und fuhr nach Hause.

7.

Es war fast achtzehn Uhr, als Stefan völlig geschafft ankam. Verena wartete schon eine ganze Weile mit ihrem Onkel auf ihn und nahm ihn sofort in die Arme, so belämmert guckte er aus der Wäsche.

»Was hat es denn Neues gegeben? Ist die Sache mit dem Zollamt jetzt geklärt?«

»Ja, Stäler hat auf Dienstag gedrängt. Er war vermutlich nicht der Helfer.«

»Oh doch, ich glaube schon«, sagte Peter. »Entweder ist Stäler ein ganz Schlauer, der, als er merkte, dass der Termin nicht zustande kommt, eine kleine Rückversicherung eingebaut hat …«

»Oder?«

»Oder er wurde von den Drahtziehern unter Druck gesetzt mitzumachen und hoffte so das Ganze verhindern zu können. Dann wäre er allerdings ziemlich dumm. Denn dass die sich das nicht hätten bieten lassen, müsste jedem klar sein.«

»Meinst du, der war's wirklich?«

»Für mich liegt das auf der Hand. Aber es ist nur ein ziemlich starker Verdacht, beweisen lässt er sich noch nicht.«

»Naja, aber dass ausgerechnet Kommissar Jäger das schaffen sollte, bezweifele ich. Peter, du kannst es mir glauben, es war die reinste Hölle. Und es ist mir ein Rätsel, wie dieser Mann einen Fall aufklären kann.«

»Sein Mitarbeiter, dieser Hundt, ist erheblich schlauer.«

»So? Davon hab ich nichts gemerkt.«

»Das will der auch gar nicht anders. Aber er ist doch sehr darauf bedacht, nicht mit Jäger in einen Topf geworfen zu werden – das konnte man gestern, wenn man genau hingehört hat, erkennen. Ich nehme an, er wartet, bis sein Chef sich eines Tages selbst disqualifiziert. Denn absägen kann er ihn dank Jägers gesellschaftlicher Stellung unmöglich.«

»Am Ende wird Jäger irgendwann Polizeipräsident.«

»Dann wäre er den Ermittlern, die etwas leisten wollen, aus dem Weg. Nicht die schlechteste Lösung. Auf Pressekonferenzen dumm daherschwatzen kann er bestens.«

»Wir haben jetzt auch genug dummes Zeug geschwatzt«, warf nun Verena ein, die in den letzten Minuten stumm dabeigesessen hatte. »Wollen wir etwas zu dritt unternehmen?«

»Ja«, sagte Peter, »ich hätte da auch schon eine Idee.«

»Und die wäre?«, fragte Stefan.

»Wir gehen essen.«

»Schon wieder?«

»Ja, aber nicht irgendwohin. Stefan, du hast doch neulich mal erwähnt, dass deine Vorgesetzten sich freitags abends immer in diesem Lokal treffen, am Ortsrand von Frankfurt-Zeilsheim. Lass uns dorthin fahren, vielleicht schnappen wir ja dort etwas auf, das uns weiterhilft.«

»Das ist eine gute Idee«, stimmte Verena zu, und wenige Minuten später brachen sie mit Peters Auto auf, um der Gaststätte am Rande des Arbeitervorortes einen Besuch abzustatten.

Als sie das Lokal betraten, mussten sie feststellen, dass es außer in der entlegensten Ecke der kleinen Gaststube keinen freien Tisch mehr gab. Stefans Chef – oder inzwischen schon wieder ehemaliger Chef – saß mit seinen Angestellten genau am anderen Ende des Lokals.

»Scheibenkleister – so lässt sich natürlich gar nichts aufschnappen«, meinte Stefan niedergeschlagen, aber noch bevor Verena etwas dazu sagen konnte, erklärte Peter: »So würde ich das nicht sagen.«

»Aber bei dieser Entfernung?«

»Neben sie hätten wir uns sowieso nicht setzen können, da wären wir aufgefallen. Aber ich habe da einen Trick, oder nennen wir es besser eine Gabe, die mir bei meiner Polizeiarbeit früher schon gute Dienste geleistet hat.«

»So, was denn?«, fragten Stefan und Verena nahezu gleichzeitig.

»Ich kann mein Gehör so ausrichten, dass ich an jedem beliebigen Tisch des Lokals mithören kann. Sogar wenn andere Lärmquellen dazwischenliegen.«

»Wie soll denn das gehen?«, fragte Stefan gerade, da hatte Weber das Trio entdeckt.

Er stand ärgerlich von seinem Platz auf, kam zu ihnen herüber, baute sich direkt vor Stefan auf und sagte mit deutlicher Schärfe in der Stimme: »Herr Weimershaus, reicht es Ihnen nicht, dass Sie mir das Geschäft meines Lebens verdorben haben?«

Stefan starrte den Geschäftsmann entgeistert an und sagte wenig fantasievoll: »Wieso?«

»Na, das ist ja die Höhe. Sie haben doch den Dieben Tür und Tor geöffnet. Wollen Sie mir jetzt auch noch den Feierabend versauen? Oder am Ende gar um Gnade winseln und hoffen, dass ich blöde genug bin, Sie wieder einzustellen?

Selbst wenn Sie die Alarmanlage nur aus reiner Dussligkeit vergessen haben …«

»Ich habe nicht …«

»Ach, hören Sie auf! Ich nehme zu Ihren Gunsten an, dass es ein Versehen war, aber eine Wiedereinstellung kommt für mich nicht in Frage.«

»Nein, Herr Weimershaus will Sie weder ärgern noch erneut eingestellt werden«, mischte sich Peter ein, da Stefan sich noch nicht von seiner Verblüffung erholt hatte.

»Wer sind Sie denn, und was geht Sie das an?«

»Ich bin Peter Stettner, Kriminalkommissar im Ruhestand, und will einfach nur mit meiner Nichte und ihrem Verlobten gut essen gehen. Ich denke, damit sind all Ihre Fragen beantwortet, oder?«

Im Grunde waren sie das, und mit der Erwähnung, dass er, wenn auch im Ruhestand, Kriminalbeamter war, hatte Peter Weber den Wind aus den Segeln genommen. Vermutlich hatte Weber gedacht, er habe Stefans Komplizen bei diesem Fischzug vor sich. So aber ging er, nachdem er Dampf abgelassen hatte, zu seinem Tisch zurück, wo er gerade sein Essen serviert bekam.

Auch Peter, Stefan und Verena konnten sich nun der Speisekarte widmen, die zwar nicht sehr umfangreich war, aber für einen Schnitzelfan keine Wünsche offen ließ.

Kaum hatten sie bestellt, da erklärte Peter: »So, ich klink mich jetzt bei den dreien ein, stört euch also nicht daran, dass ich in den nächsten Minuten kaum ansprechbar bin.«

Verena, die von Peters Gabe bislang auch nichts geahnt hatte, wusste nicht recht, was sie davon halten sollte, und schwieg. Stefan, dem das Ganze ebenfalls sonderbar vorkam, stieß einen undefinierbaren Laut aus, den man als Zustimmung werten konnte.

Unverzüglich legte Peter den Kopf schief, gerade so, als wolle er sein Ohr, einem Richtmikrofon gleich, ausrichten. Seine Augen bekamen einen merkwürdig starren Blick, und man spürte genau, dass er dabei war, in andere Sphären abzutauchen. Er war, kurz gesagt, am Tisch nicht mehr anwesend.

Während Stefan und Verena nur Wortfetzen, die vom Tisch seines ehemaligen Chefs herüberdrangen, aufschnappen konnten, schien Peter genau zu verstehen, was dort gesagt wurde. Denn ab und zu grinste er, um gleich darauf ein misstrauisches Gesicht zu machen. Die beiden ließen Peter, den sie noch nie so erlebt hatten, gewähren, und Verena holte ihn erst an den Tisch zurück, als das Essen kam.

Mit nur zwei oder drei Sekunden Verspätung war er wieder anwesend und erklärte, während er sich wie ein Verhungernder auf sein Schnitzel stürzte: »Bis jetzt haben die drei nur belangloses Zeug gequatscht. Aber die trinken ganz schön viel. Wenn ich gegessen habe, geh ich noch mal rein.«

Gesagt, getan. Peter schlang sein Essen in Windeseile hinunter und hatte den Teller noch nicht richtig zur Seite geschoben, da bezog er auch schon wieder seinen Horchposten am Tisch der anderen. Am Gespräch von Stefan und Verena, die ihren Teller noch nicht einmal zur Hälfte leer gegessen hatten, beteiligte er sich nicht mehr.

Nach einer Weile meinte Stefan: »Verena, beinahe hätte mir Peter vorgestern erzählt, was damals mit seiner Frau geschehen ist.«

»Einfach so? Das glaubst du doch selbst nicht.«

»Doch, doch, als er mich nach meiner Entlassung ins Gartenlokal eingeladen hat.«

»Das kann ich nicht glauben.«

»Ist aber wahr. Wäre nicht dieser blöde Anruf gekommen

und dein Onkel so überstürzt nach Düsseldorf gefahren, dann wüsste ich schon, wie das damals war.«

»Wenn das so ist, dann frag ihn doch noch mal danach.«

»Ich weiß nicht; ich will ihn nicht bedrängen.«

»Vielleicht hast du recht. Wenn er es loswerden will, dann wird er irgendwann von selbst davon anfangen.«

Stefan und Verena unterhielten sich noch eine ganze Weile weiter, während Peter wie gebannt den Gesprächen der Kaufleute lauschte. Inzwischen war fast eine halbe Stunde vergangen, und die Wirtin hatte die leeren Teller abgeräumt. Sie servierte ihnen gerade eine neue Runde Weizenbier, da kehrte Peter ganz langsam wieder an den Tisch zurück. »Tja, das war wohl nichts«, sagte er … um dann plötzlich wie elektrisiert zusammenzufahren. Augenblicklich trat er wieder weg und war erst fünf Minuten später wieder da.

»So, jetzt weiß ich mehr«, war alles, was er sagte, dann griff er zu dem frischen Kristallweizen, das Stefan für ihn mitbestellt hatte, und trank das Glas zur Hälfte leer. »Dass Lauschen aber auch so durstig macht«, erklärte er grinsend, um dann umso ernster fortzufahren: »Der wahre Helfer der Gangster hat sich verraten.«

»Das heißt, es kann nur einer der drei sein, wer ist es denn?«, fragte Stefan neugierig.

»Stäler.«

»Wie kommst du darauf?«

»Der Alkohol und seine Prahlerei haben ihn verraten.«

»So? Jetzt erzähl schon.«

»Du erinnerst dich doch daran, dass Kommissar Jäger uns erzählt hat, Stäler sei zur Tatzeit bei seinem Schwager gewesen, oder?«

»Ja, genau.«

»Und Stälers Frau hätte bestätigt, dass er erst kurz vor Mitternacht zu Hause war. Richtig?«

»Ja.«

»Das hat Stäler eben bestätigt.«

»Was ist daran verdächtig? Das belegt doch das Gegenteil«, sagte Verena ungehalten, und man merkte, dass sie an der Kombinationsgabe ihres Onkels massive Zweifel hegte.

»Im Prinzip hast du recht. Aber Stäler konnte es nicht lassen zu prahlen. Das war sein Fehler.«

»Mensch, Peter, jetzt mach es doch nicht so spannend«, sagte Stefan ungeduldig.

»Stäler hat mit seinem Sportwagen geprahlt. Er hat erzählt, dass er um Viertel nach elf dort losgefahren sei und über die A 5 in nicht einmal dreißig Minuten zu Hause war. Na, klingelt's jetzt bei euch?«

»Das sind ungefähr siebzig Kilometer. Ein Schnitt von hundertvierzig, das ist mit einem Sportwagen locker zu schaffen. Besonders nachts«, rechnete Stefan skeptisch nach, und Peter grinste triumphierend: »Aber nicht, wenn die Autobahn von kurz nach neun bis Mitternacht wegen eines umgekippten LKW voll gesperrt war. Er muss früher dort durchgekommen sein.«

»Ach … ich glaube, ich habe das auf dem Heimweg im Verkehrsfunk gehört. Aber er könnte doch einen anderen Weg genommen und jetzt nur ein bisschen geprahlt haben.«

»Sicher. Aber warum hätte er, was seine Abfahrtzeit angeht, auch gegenüber der Polizei lügen sollen, wenn er unschuldig ist? Außerdem hätte er, wenn er länger unterwegs war, bestimmt einmal von der Vollsperrung gehört. Und wenn er, wie er sagt, bis kurz nach elf bei seinem Schwager war, hätte er unmöglich noch vor zwölf bei seiner Frau sein können. Nicht über die Landstraße. Die Geschichte stimmt hinten und vorne nicht.«

»Du meinst, er war in dieser Zeit weder im Auto unterwegs noch bei seinem Schwager?«

»Genau. Ich bin überzeugt davon, er war in der Firma oder irgendwo in der Nähe, um zu beobachten, wann du gehst.«

»Super, dann haben wir jetzt ja etwas in der Hand!«

»Langsam, Stefan. Was willst du denn der Polizei sagen? Ich hätte über fünf Tische hinweg in einer lauten Kneipe zugehört, was drei Männer gesprochen haben? Das hat keinerlei Beweiswert. Für Jäger, der mich mindestens so gut leiden kann wie dich, schon gar nicht.«

»Warum haben wir denn das alles hier veranstaltet, wenn wir es nicht nutzen können?«

»Wer sagt denn das? Immerhin wissen wir jetzt, dass wir auf der richtigen Spur sind. Nun können wir konkret überlegen, wie wir weiter vorgehen.«

Peter entging Stefans enttäuschter Blick nicht, und Verena wirkte nach wie vor etwas skeptisch. »Na«, meinte er, »damit ihr nicht weiter Trübsal blasen müsst, bezahle ich heute Abend. Trinkt ruhig noch was, ich fahre.«

Das ließen die beiden sich nicht zweimal sagen. Sie bestellten ein drittes Weizenbier, und als sie eine halbe Stunde später aufbrachen, hatten sie schon die eine oder andere Idee entwickelt, was sie in der Sache noch unternehmen könnten.

Auf der Heimfahrt fragte Stefan, dem der Alkohol etwas die Zunge gelöst hatte: »So, Peter, weil das heute so gut geklappt hat, könntest du uns ja eigentlich noch erzählen, wie die Sache mit deiner Freundin damals weiterging. Im Gartenlokal sind wir ja von diesem Anruf unterbrochen worden.«

»Na, na, das finde ich jetzt aber nicht so toll«, antwortete Peter und trat das Gaspedal vor Ärger tief durch. Scharf setzte er hinzu: »Ich kann es nicht ab, wenn man mich ausquetschen will.«

»Entschuldige bitte!«, sagte Stefan erschrocken, »das wollte ich ganz bestimmt nicht! Aber die Sache begann so mysteriös, da hast du mich neugierig gemacht.«

»Und wenn du alles weißt, meinst du, mir gute Ratschläge geben zu müssen? Herzlichen Dank, aber darauf konnte ich schon bei meiner Familie gut verzichten.«

»Das würde ich mir niemals anmaßen. Die Geschichte interessiert mich eben, weil …«

»… weil du an Geschichten, die dich im Grunde nichts angehen, genauso interessiert bist wie ich. Stimmt's? Ich finde wirklich, wir sollten zusammen eine Detektivagentur eröffnen.«

»Ja, und Verena macht uns die Buchhaltung!«, stimmte Stefan scherzhaft lachend ein.

Während er dies sagte, bogen sie bereits in die Hofeinfahrt von Peters Haus ein.

Im Flur hielt Peter die beiden anderen, die gleich nach oben wollten, zurück und sagte noch einmal eindringlich: »Das mit dem Detektivbüro war kein Scherz. Ich meine, wir drei wären ein gutes Team. Denkt mal darüber nach.«

»Tja, jetzt, wo ich ohnehin arbeitslos bin …«, sagte Stefan, und Verena sagte etwas distanziert: »Meinetwegen, solange ihr euch dabei nicht in Gefahr begebt.« Man sah ihr an, dass sie das Ganze für eine Schnapsidee hielt.

Peter grinste und sagte: »Im Übrigen habe ich auch über

deinen Wunsch nachgedacht, Stefan. Sobald wir das alles hinter uns haben, werde ich euch beiden Michaelas Geschichte erzählen.«

Mit diesen Worten verschwand er in seinem Schlafzimmer. Stefan und Verena stiegen die Treppe zu Stefans Wohnung hinauf. Auch diese Nacht hatten sie Besseres zu tun, als nur zu schlafen.

Hätten sie geahnt, wie dramatisch sich die Ereignisse in den nächsten achtzehn Stunden zuspitzen würden, sie wären noch weniger zum Schlafen gekommen.

8.

Als Kommissar Meister um sieben Uhr früh das Hauptbüro des Raubdezernats im Wiesbadener Polizeipräsidium betrat, fiel ihm sofort der Zettel ins Auge, der am Bildschirm seines vorsintflutlichen Computers klebte. Am Vortag war er noch nicht da gewesen. Er nahm ihn ab und überflog die Zeilen, die ihm sein Vorgesetzter, Hauptkommissar Hecht, geschrieben hatte.

Aha, dachte er, mal wieder ein halboffizieller Auftrag. Gut, Hecht ist ein angenehmer Vorgesetzter, da macht man auch mal so was. Wenn der erste Kriminalhauptkommissar Wendel ihm mit einem solchen Auftrag gekommen wäre, hätte er ihn eiskalt abblitzen lassen. Unbescholtenen Bürgern auf den Pelz rücken, nur weil irgendein Privatmann das wollte? Ohne konkreten Verdacht? Nun ja, wenn Hecht es wünscht, ist vielleicht was dran. Er ist keiner, der so etwas ohne stichhaltigen Grund anordnet.

So weit war Meister mit seinen Gedanken gekommen, da kam Kriminalhauptmeister Bernd Löffler zur Tür herein.

»Morgen, Dirk«, sagte er.

»Morgen, Bernd, wir haben hier eine Überprüfung in Frauenstein, sollen wir heute Morgen noch machen.«

»Fahren wir gleich?«

»Nach dem Frühstück.«

Wenig später betrat ein völlig übernächtigter Frank

Hecht zusammen mit ihrem Kollegen Wolfgang Horvath das Büro.

»Nanu, Frank, du bist immer noch hier?«, fragte Meister verwundert. »Als ich den Zettel sah, dachte ich …«

»Ja, eigentlich habe ich seit einer Stunde Feierabend. Ich bin extra wegen dieser Überprüfung hiergeblieben. Aber es ist gut, dass ihr noch da seid. Am besten nehmt ihr Wolfgang mit, hier ist heute Morgen ohnehin nicht viel zu tun. Außerdem ist er der beste Schütze im ganzen Polizeipräsidium«, sagte Hecht und lachte dabei.

»Schütze?«, fragte Meister etwas erschrocken. »Ist der Einsatz denn gefährlich?«

»Nein, denke ich nicht. Ich glaube nicht mal, dass ihr mehr als eine alleinstehende Frau antreffen werdet. Aber man kann ja nie wissen. Immerhin ist es eine geschiedene Borowski.«

»Von *dem* Borowski?«

»Genau von dem. Sie heißt jetzt Weidner.«

»Das will nichts heißen.«

»Genau. Deshalb bin ich lieber etwas vorsichtiger. Also macht euch mal auf den Weg.«

Dass er bei dieser Anweisung auch an den Instinkt Peter Stettners dachte, der sich schon während der Kommissar-Ausbildung als untrüglich erwiesen hatte, verschwieg er lieber.

»Okay, in zehn Minuten fahren wir.«

»Wenn ihr fertig seid, funkt mal durch, was ihr vorgefunden habt. Damit ich endlich Feierabend machen kann.«

»Machen wir.«

»Dann gehe ich jetzt frühstücken.«

Knappe fünfzehn Minuten später saßen die drei Polizisten bereits in ihrem zivilen Dienstwagen, einem nagelneuen, metallic-roten Opel Vectra, und fuhren stadtauswärts auf der Dotzheimer Straße.

Gerade als sie die stillgelegte Aartalbahnstrecke nahe dem Dotzheimer Bahnhof unterquerten, fragte Horvath, der auf dem Beifahrersitz saß: »Meint ihr denn, dass es Schwierigkeiten geben kann?«

»Ich weiß nicht«, sagte Meister. »Wenn Hecht schon will, dass wir zu dritt da rausfahren sollen …«

Die drei Beamten fuhren schweigend weiter, bis sie im alten Ortskern von Frauenstein angekommen waren.

Erst dann sagte Kommissar Meister: »Seid vorsichtig, wenn ihr auf das Gebäude zugeht. Ich will nicht, dass etwas passiert.«

In diesem Moment passierten sie die Kirche und bogen schräg nach rechts zum Berg hin ab. Sie folgten der Straße, die nun in einem scharfen Rechtsknick direkt am Friedhof vorbei eine kurze, aber steile Rampe in Richtung Georgenborn hinaufführte.

»Der Friedhof, und dann noch so steil nach oben, wenn das mal kein schlechtes Zeichen ist«, unkte Löffler vom Rücksitz her.

»Halt's Maul!«, fuhr Meister ihn an, und Horvath grinste dazu.

Kaum hatten sie die letzten Häuser des Ortes hinter sich gelassen, trat Dirk Meister kurz, aber heftig aufs Gaspedal. Sie passierten das Schloss Sommerberg, und kaum hatten sie den Waldrand erreicht, da sahen sie auch schon den Weg, der zu dem gesuchten Gehöft führte. Es lag links der Straße und weiter im Wald, als es die Pläne des Katasteramtes hatten vermuten lassen. Um zum Anwesen zu gelangen, musste man etwa einhundertfünfzig Meter auf einem erstaunlich gut befestigten Weg in den Wald hineinfahren.

Die Beamten fuhren bis mitten auf den Hof, der wie ausgestorben dalag und einen fast schon zu aufgeräumten Eindruck machte. Nur die Hoffläche hätte mal wieder eine Reinigung vertragen können. Sie war stellenweise schlammig vom letzten Gewitterregen. Vor der Scheune standen zwei Personenwagen. Horvath stieg als Erster aus. Es blieb alles ruhig.

Kommissar Meister wollte ihm gerade folgen, da rief Horvath: »Hallo, ist jemand da?«

Dann ging alles ganz schnell. Die Haustür flog auf, und aus dem Dunkel des Raumes blitzte das Mündungsfeuer einer Waffe. Zwei Schüsse knallten über den Hof, und Horvath, der noch auf der Beifahrerseite neben der Motorhaube ihres Autos stand, warf sich in die Schlammkuhle, die sich an dieser Stelle befand. Dennoch streifte ihn eine Kugel am linken Unterarm. Die zweite schlug in einem sorgfältig abgedeckten Holzstapel ein, der sich in einiger Entfernung hinter ihm befand. Noch während Horvath hinter dem Auto Deckung suchte, riss er seine Waffe aus dem Holster, zielte und schoss auf den Schatten, den er in der Türöffnung ausgemacht hatte. Ein gellender Schrei verriet den Beamten, dass Horvath besser getroffen hatte.

Meister und Löffler rutschten auf der dem Haus abgewandten Seite aus dem Wagen. Während Löffler über Funk Verstärkung und einen Notarztwagen anforderte, nahm Meister das Megafon und rief: »Geben Sie auf, alles andere hat keinen Zweck. Wir sind von der Polizei, und Verstärkung ist unterwegs.«

Einige Minuten lang tat sich gar nichts. Die drei Beamten beratschlagten schon, ob sie zum Haus hinübergehen sollten, um festzustellen, was los war, da öffnete sich plötzlich die Tür, und zwei Männer sowie eine gutaussehende

Frau kamen mit erhobenen Händen heraus. Soweit man es sehen konnte, waren sie unbewaffnet. Doch die Beamten blieben auf der Hut, was sich im Nachhinein als nützlich herausstellte. Denn kaum waren die drei auf der Höhe ihrer Autos angekommen, hatten sie plötzlich Waffen in den Händen und versuchten sich den Weg freizuschießen. Aber Meister, Löffler und Horvath waren vorbereitet. Gleichzeitig mit den Gangstern eröffneten die Beamten das Feuer und blieben, da sie die bessere Deckung hatten, unverletzt. Der Plan der Ganoven, den Überraschungsmoment für sich zu nutzen, war gescheitert. Zwei von ihnen waren kampfunfähig. Die Frau hatte ihre Waffe vor Schmerz fallen lassen, als Kommissar Meisters Schuss sich in ihren Unterarm bohrte, und einer der beiden Männer lag wimmernd am Boden und hielt sich das Knie. Nur der zweite, deutlich kleinere Ganove, der hinter seinem Kumpanen etwas Deckung gefunden hatte, konnte zweimal auf Horvath schießen, verfehlte ihn aber um Haaresbreite und blieb selbst unverletzt.

Deshalb suchte er sein Heil in der Flucht. Er drehte sich völlig überraschend um und rannte auf den Wald zu, der hinter dem Haus begann. Horvath, der gerade wieder aus der Deckung auftauchte, schickte ihm noch einen schlecht gezielten Schuss hinterher, der den Flüchtenden am Bein streifte. Der Mann humpelte jedoch weiter und war kurz darauf im dichten Unterholz verschwunden.

»Der kommt nicht weit«, meinte Horvath, doch im gleichen Moment, da sich drei Streifenwagen und der Notarztwagen näherten, hörte er das knatternde Geräusch eines Mopeds, das sich schnell durch den Wald entfernte. Wenig später traf noch ein ziviles Polizeifahrzeug ein.

Horvath, der hart im Nehmen war, hatte sich die inzwischen kaum noch blutende Wunde am Arm bereits notdürftig verbunden und ging ins Haus hinein, während die gerade eingetroffenen Streifenbeamten die Verwundeten einsammelten. Löffler und Meister erstatteten derweil ihrem Chef, der mit dem Zivilfahrzeug gekommen war, Bericht.

Wenige Augenblicke später trat Horvath aus der Haustür und rief: »Schnell, den Notarzt hierher, sonst braucht Borowski junior keinen mehr.«

Erst als der Notarzt bei dem Gangster eingetroffen war, ging er zu den Sanitätern hinüber und ließ seinen Arm fachgerecht verbinden.

Hauptkommissar Hecht war froh über seinen Entschluss, Horvath mitgeschickt zu haben. Auf der Fahrt zum Tatort, kurz nach neun Uhr, hatte er Peter Stettner telefonisch über das Geschehen informiert. Der saß gerade beim Frühstück, als das Telefon läutete. »Na, wer wird denn das wieder sein?«, murmelte er und hob ab.

»Hallo Peter, hier ist Kriminalhauptkommissar Frank Hecht aus Wiesbaden. Ich weiß nicht, ob du dich noch an mich erinnerst …«

»Ach, Frank, hallo! Klar erinnere ich mich. Wir saßen damals beim Kommissar-Lehrgang nebeneinander und haben den Kurs ganz schön aufgemischt. Jörg hat mir schon gesagt, dass du uns hilfst.«

»Wir müssen uns demnächst mal wieder treffen und über die alten Zeiten plaudern. Jetzt rufe ich allerdings an, weil es Neuigkeiten in deiner Sache gibt. Meine Beamten, die ich zur Überprüfung der Adresse geschickt habe, sind beschossen worden.«

»Was?«

»Ja, ich bin gerade auf dem Weg zum Tatort. Sowie ich Genaueres weiß, rufe ich dich wieder an.«

»Okay, und dank dir schon mal für deine Hilfe!«

»Bis dann.«

Peter legte den Hörer auf die Gabel, ging zur Treppe und rief hinauf: »Stefan, Verena, kommt schnell runter! So langsam kommt Bewegung in die Sache!«

Wenig später polterten die beiden auch schon die Treppe herunter und standen, noch in ihren Pyjamas und die Tageskleidung unterm Arm, in Peters Wohnzimmer.

»Was gibt's denn?«, fragte Stefan neugierig, und Peter erzählte ihnen, was er soeben erfahren hatte.

Stefan und Verena zogen sich schnell an, und noch während sie in ihre Jeans stiegen, klingelte das Telefon erneut.

Peter stellte den Lautsprecher an und meldete sich.

»Hallo, ich bin's wieder«, hörten sie die Stimme von Frank Hecht, »ich bin jetzt vor Ort.«

»Wie sieht's denn aus?«

»Ziemlich übel. Einer meiner Beamten ist verletzt worden.«

»Schwer?«

»Nein, zum Glück nur ein Streifschuss. Die Ganoven hat es erheblich schlimmer erwischt. Eine Frau ist leicht verletzt, ein Mann etwas schwerer und einer lebensgefährlich. Aber was am schlimmsten ist, einer der Gangster konnte entkommen. Horvath, unser bester Schütze, meint, er hätte ihn aber am Bein getroffen. Nur ein Streifschuss, aber immerhin.«

»Und die anderen? Packen sie aus?«

»Toni Borowski kann im Moment nichts aussagen. Der ist schon auf dem Weg in die Klinik. Er hat einen Bauchschuss kassiert. Frau Borowski weiß angeblich von nichts, und der dritte Mann scheint mir ein ganz kleines Licht zu sein. Er ist so strohdumm, dass es schon fast an Schwachsinn grenzt.«

»Vermutlich ist der, der am meisten sagen könnte, entkommen?«

»Ja, wie gesagt mit einer leichten Verletzung und übrigens auf einem Moped.«

Nun erklärte Peter, dass er Stäler für den Helfer innerhalb der Firma hielt, dafür allerdings keine Beweise habe.

»Das ist ungünstig«, murmelte Frank Hecht, doch da rief Peter Stettner in den Hörer: »Halt, da fällt mir etwas ein. Der vierte Mann, ist er unerkannt entkommen?«

»Nein.«

»Wer ist es denn?«

»Das kann ich dir … Ach, was soll's, Horvath meint, Walter Bergmann erkannt zu haben.«

»Der Bergmann, der wegen diverser Raubüberfälle bis vor fünf Jahren gesessen hat?«

»Genau der. Ich hab zwei Polizeiwagen vor seiner Wohnung in Dotzheim postiert. Wenn er dahin kommt, haben wir ihn.«

»Täusch dich da mal nicht. Der sieht zwar aus wie Frankensteins Monster, aber hat ziemlich viel Grips in der Birne. Der wird nicht kommen. Und der erkennt einen zivilen Polizeiwagen auf hundert Meter Entfernung. Den haben wir damals nur gefasst, weil sein Komplize gesungen hat. Wie auch immer, wenn er nicht in seine Wohnung kommt, dann kann er weder an seinen bestimmt vorhandenen falschen Pass noch an seine Bargeldreserven. Aber genau die braucht er zum Untertauchen.«

»Worauf willst du hinaus, Peter?«

»Ich habe die Hoffnung, er hält sich an Stäler. Ganz besonders dann, wenn der für seine Mitarbeit bezahlt wurde. Dann wird er sich dieses Geld zurückholen wollen.«

»Damit könntest du recht haben.«

»Ganz besonders, wenn er glaubt, dass Stäler sie verpfiffen hat. Und wer sollte dafür aus seiner Sicht sonst noch in Frage kommen? Vermutlich wird er sich auch an ihm rächen wollen. Wenn wir Glück haben, macht ihn sein Zorn unvorsichtig. Auf jeden Fall wird er schnell handeln. Schließlich muss er abtauchen, bevor einer seiner Kollegen gesungen hat. Den Fehler, zu lange zu warten, wird er kein zweites Mal machen. Deshalb ruf du doch bitte im Frankfurter Präsidium Kommissar Jäger an und verklickere dem irgendwie, dass er, so schnell es geht, zu Stälers Adresse fahren soll. Ich hoffe, er oder Hundt begreifen den Ernst der Lage. Aber mach ein bisschen Druck, es könnte nötig werden.«

»Das klingt alles sehr plausibel, du könntest durchaus richtig liegen. Aber ausgerechnet Jäger …«

»Ja, ich weiß, das ist keine angenehme Aufgabe. Aber wenn ich ihn anrufe, kommt er bestimmt nicht. Er hält nämlich nicht sehr viel von mir – abgesehen davon, dass ich offiziell ja gar nicht dazu befugt bin. Es wäre mir also sehr recht, wenn du das machst. Wenn ich ihn auf die Fährte setze und mich am Ende doch irre, dann hat der Freund meiner Nichte gar nichts mehr zu lachen.«

»Klar, wird gemacht.«

»Okay, und danke.« Peter legte auf. Dann drehte er sich um und fragte: »Seid ihr fertig angezogen? Dann los. Das heißt, Verena bleibt besser hier. Wenn ich recht habe, müssen wir vor diesem Ganoven bei Stäler sein, damit es kein Blutbad gibt.«

»Blutbad?«, fragte Stefan verwundert.

»Es könnte sein, dass er Stäler für einen Verräter hält und sich das Geld, das Stäler vielleicht bekommen hat, zurückholen will. So was kann leicht außer Kontrolle geraten. Ich möchte mich nicht darauf verlassen müssen, dass Jäger rechtzeitig da ist.«

»Dann solltet ihr besser auch hierbleiben«, sagte Verena.

»Ich kann nicht anders, ich muss auf jeden Fall hin. Stefan, was ist mit dir? Wenn du bleiben willst, bin ich nicht böse.«

»Nein, ich komme mit.«

»Na dann los. Wir nehmen dein Auto, das steht auf der Straße.«

Nur gute zehn Minuten später überquerten die beiden, von Hofheim kommend, die A 66 und passierten anschließend das Ortsschild von Frankfurt. Stefan drückte gewaltig auf die Tube und musste heftig bremsen, um die Abzweigung von der Hofheimer Straße nach Alt-Zeilsheim gefahrlos nehmen zu können.

»Hier gilt Tempo dreißig, und es wird oft geblitzt«, sagte Peter gerade, als Stefan den Polizeiwagen sah, herunterbremste und vorschriftsmäßig in die Pfaffenwiese einbog.

»Wenn die uns angehalten hätten, das wäre schlecht gewesen«, sagte Peter.

»Wieso? Wir hätten sie doch ansprechen können.«

»Glaubst du, die wären mitgekommen?«

»Weiß nicht.«

»Sie hätten die Kollegen auf dem Revier angerufen, und bis die gekommen wären …«

In diesem Augenblick hatten sie Stälers Wohnstraße erreicht und sahen mit einem Blick, dass es allerhöchste Zeit war. Nur wenige Meter von ihnen entfernt stieg ein nicht gerade vertrauenerweckend aussehender Mann schwerfällig aus einem uralten Ford Taunus.

»Hab ich's nicht gesagt, der Typ ist raffiniert. Er hat es offenbar geschafft, an sein Auto zu kommen, ohne den Polizisten von der Fahndungsabteilung aufzufallen.«

Inzwischen war der Mann ausgestiegen und humpelte auf das Mehrfamilienhaus am Ende der Straße zu. Peter sprang aus dem Auto und lief, während Stefan einparkte, Bergmann hinterher. Der Ganove hatte Glück, denn gerade als er bei der Haustür ankam, kam jemand heraus. So konnte er hineinschlüpfen, ehe sie ins Schloss fiel. Peter hingegen hatte Pech, denn obwohl er schnell war, schlug die Tür direkt vor seiner Nase zu.

»Na ja, macht nichts«, knurrte Peter und öffnete die klapprige Haustür, die nur über ein uraltes Schloss verfügte, innerhalb weniger Sekunden mit einem Dietrich.

Er klemmte die Fußmatte in die Tür, damit Stefan ihm folgen konnte, und stieg, zwei Stufen auf einmal nehmend, die Treppe hinauf.

Währenddessen war auch Stefan am Haus angekommen, und gleichzeitig mit ihm erreichten auch Jäger und Hundt die Haustür.

»Also doch Sie«, meinte Jäger zufrieden und wollte Stefan gleich festnehmen, als von oben Stimmen laut wurden.

Hundt, der deutlich schneller begriff als sein Chef, stürmte an Stefan und Jäger vorbei die Treppen hinauf. Sie folgten ihm, und alle drei hörten eine Stimme zornig bellen: »Du Verräter, rück die Kohle raus, sonst ist deine Frau dran!«

In diesem Moment war Peter im zweiten Stock angekommen. Stäler und seine Frau standen im Türrahmen,

Bergmann mit gezogener Waffe vor ihnen. Peter sprang den völlig verdutzten Gangster von hinten an, schlug ihm die Waffe aus der Hand und überwältigte ihn.

Wenig später kamen Jäger, Hundt und Stefan an. Hundt, der inzwischen die Zusammenhänge verstanden hatte, legte dem Ganoven Handschellen an und übergab ihn seinem Chef, der erst langsam zu begreifen begann.

»Die haben meine Familie bedroht«, stotterte Stäler, »und mich so gezwungen mitzumachen …« Jäger erklärte ihm ungewöhnlich freundlich: »Sie kommen jetzt erst einmal mit ins Präsidium, damit wir ein Protokoll machen können. Ich denke, da bei Ihnen keine Fluchtgefahr besteht, können Sie dann nach Hause gehen.«

Hundt sah seinen Chef verständnislos an und fragte Stäler scharf: »Welches Geld meinte der Gangster eben, als er Ihre Frau bedrohte?«

»Die Verbrecher haben mir, als alles vorbei war, fünftausend Euro in den Briefkasten geworfen. Ich hab das Geld nicht angerührt; hier ist es.«

Bei diesen Worten zog Stäler ein Bündel Fünfzig-Euro-Scheine aus der Hosentasche und übergab es Kommissar Hundt.

»Sollte sich herausstellen, dass Sie freiwillig mitgemacht haben«, sagte Hundt zu Stäler, »dann wird das kein Zuckerschlecken für Sie.«

Im gleichen Moment fuhr Jäger Stefan, der vor ihm stand, an: »Gehen Sie mir aus dem Weg, junger Mann!« Dann packte er, bebend vor Wut, den gefesselten Gangster, der sich in sein Schicksal gefügt hatte; Hundt sagte zu Stäler: »Kommen Sie«, und der kleine Konvoi setzte sich in Bewegung, die Treppe hinunter.

Peter und Stefan standen noch vor der Tür. Frau Stäler, die inzwischen mit einem ihrer Kinder auf dem Arm ins Treppenhaus hinausgetreten war, sagte: »Danke, dass Sie rechtzeitig gekommen sind. Wer weiß, was dieser Verbrecher mit uns gemacht hätte. Bitte richten Sie auch Ihren Kollegen meinen Dank aus!«

Stefan hielt es nicht für nötig, das Missverständnis aufzuklären, aber Peter sagte: »Ich und mein Kollege hier sind nicht von der Polizei.«

»So, was sind Sie denn?«

»Wir sind von der Detektivagentur ST+W. Wenn Sie wieder einmal Probleme haben, dann finden Sie uns in Kelkheim.«

»Vielleicht hätte mein Mann zu Ihnen kommen sollen, anstatt sich aus Angst mit diesen Gangstern einzulassen … jetzt ist es zu spät dafür.«

»Ja, da haben Sie leider recht«, sagte Peter. Er unterließ es lieber, darauf hinzuweisen, dass die Agentur vor zehn Minuten noch gar nicht existierte.

Stefan und Peter verabschiedeten sich, und während sie die Treppe hinuntergingen, fragte Stefan: »Was war denn das? Detektivagentur ST+W? Das meinst du doch nicht im Ernst, oder?«

»Doch, doch. Mir war schon lange nichts mehr so ernst. Sei kein Frosch und schlag ein. Dann haben wir im Übrigen auch dein Jobproblem gelöst.«

»Ach, das ist doch Quatsch«, entgegnete Stefan, während sie zum Auto gingen, fügte dann aber nachdenklich hinzu: »Detektivagentur ST+W klingt allerdings gut. Lass mir ein paar Tage Bedenkzeit. Und dann sprechen wir das noch mal in aller Ruhe durch.«

»Das ist ein Wort«, sagte Peter beim Einsteigen. »Dafür

lade ich euch beide heute Abend in den Biergarten ein und erzähle die Geschichte mit Michaela zu Ende.«

»Oh, das wäre wunderbar«, stimmte Stefan zu, ließ den Motor an und wendete den Wagen. Und auf halber Strecke nach Kelkheim meinte er dankbar: »So, damit wäre das wohl ausgestanden. Danke, Peter, dass du mich da rausgehauen hast. Das werde ich dir nie vergessen.«

9.

Es war genau siebzehn Uhr, als Peter, Stefan und Verena den Biergarten erreichten. Die Wirtin schloss gerade auf. Erschöpft von dem langen Fußmarsch, ließen sie sich im hinteren Teil des Grundstücks auf die Gartenstühle fallen und bestellten drei große Gläser Apfelwein.

Nachdem sie sich etwas ausgeruht hatten, fragte Stefan: »Peter, was hat denn dein Telefonat mit den Wiesbadener Kollegen ergeben?«

»Stimmt, das habe ich euch ja noch gar nicht erzählt. Der Container war tatsächlich auf dem Grundstück in Wiesbaden-Frauenstein gelagert, und es wurde neben dem Holz, das übrigens noch vollständig vorhanden ist, eine große Menge Heroin gefunden.«

»Dann hattest du mit deiner Vermutung also recht.«

»Sieht so aus«, sagte Peter bescheiden und sprach weiter: »Die Borowskis und ihre Helfer waren gerade dabei, die Ware umzupacken, als die Wiesbadener Kollegen auftauchten. Darum haben sie auch gleich das Feuer eröffnet. Borowski junior, der allem Anschein nach irgendeine kriminelle Organisation in der Region Wiesbaden vertritt, hat allerdings gründlich gearbeitet. Die Polizei hat keinerlei Hinweise auf die Hintermänner gefunden. Falls er nichts aussagen will oder kann, wird man nie erfahren, wer diese Leute sind. Nun ja, wenigstens wurde das Rauschgift sichergestellt.«

»Wird Borowski überleben?«, fragte Verena.

»Es sieht so aus, als kommt er durch. Kommissar Horvath hat ihm zwar einen Bauchschuss verpasst und er wird wohl noch einige Zeit auf der Intensivstation bleiben müssen. Aber zur Prozesseröffnung dürfte er längst wieder fit sein.«

»Und was wird nun aus Stäler?«

»Stefan, nach Frankfurt sind meine Kontakte bei Weitem nicht so gut wie in andere Städte. Seit man mich dort, na, sagen wir mal, gefeuert hat, hat sich vieles verändert. Mein Förderer musste leider auch in den Ruhestand gehen.«

»Wurde der auch gleich mitgefeuert?«

»Nein. Er wurde bei einem Schusswechsel so schwer verletzt, dass er heute im Rollstuhl sitzt. Um auf deine Frage zurückzukommen: Wenn Stäler irgendwie beweisen kann, dass er gezwungen wurde, hat er gute Chancen, mit einem blauen Auge davonzukommen. Und damit wären wir bei dem Thema angelangt, das euch so brennend interessiert. Wenn wir wirklich zusammen eine Detektei eröffnen wollen, dann tut Offenheit Not. Sowie wir bestellt haben, werde ich die Geschichte mit Michaela zu Ende erzählen.«

»Na, dir scheint es ja wirklich ernst mit der Detektivagentur zu sein.«

»Ja, so ernst war mir schon lange nichts mehr.«

Bevor die drei das Thema vertiefen konnten, kam eine Aushilfskellnerin an den Tisch und brachte die Speisekarten. Die drei wählten zusammen einen gemischten Vorspeisenteller aus und nahmen als Hauptgericht je einen Grillteller, der keine Wünsche offenließ.

Kaum war die junge Frau mit ihren Bestellungen verschwunden, da begann Peter: »Verena, du kennst ja meinen beruflichen Werdegang, und dass ich Streit mit Michaela wegen unseres geplatzten Urlaubs hatte, dürfte dir auch bekannt sein. Das brauche ich ja nicht noch mal zu erzählen, oder?«

»Nein, ich weiß sogar, dass du erst drei Tage später Urlaub bekommen hast.«

»Sehr gut. Aber was du noch nicht weißt, ist, dass ich meinem Chef noch zwei weitere Urlaubstage aus den Rippen geleiert hatte und wir nur einen Tag später auf Kosten des Dezernates hätten fliegen können; aber das wusste Michaela nicht. Obwohl sich diese Möglichkeit schon früher angedeutet hatte, sagte ich ihr nichts davon. Ich wollte sie damit überraschen und konnte mir nicht vorstellen, dass sie Ernst macht und allein fliegt.«

»Sie flog wirklich allein?«

»Ja, Verena. Als ich am Abend heimkam, fand ich nur noch ihren Zettel in der Küche vor, auf dem stand, dass sie geflogen war und ich sofort nachkommen sollte, wenn mir etwas an ihr läge. Ich hab direkt im Hotel angerufen, um ihr zu sagen, dass ich gleich am nächsten Morgen nach Mallorca fliegen würde, aber sie war nicht da. Später am Abend habe ich es erneut probiert, sie allerdings wieder nicht erreicht. Ich wurde langsam unruhig, sagte mir aber, dass ich mich nicht gleich verrückt machen dürfe. Ich wollte es später am Abend noch mal probieren, schlief aber ein und wachte erst am nächsten Morgen wieder auf. Als der Portier mir dann allerdings eröffnete, dass sie die Nacht nicht im Hotel verbracht hatte, fuhr ich total aufgelöst zum Flughafen. Mir war klar, dass da etwas passiert sein musste.«

»Hast du nicht geglaubt, Michaela könnte sich vielleicht anderweitig getröstet haben?«

»Nicht eine Sekunde. Das wäre nicht ihr Stil gewesen.«

»Also bist du ihr nachgeflogen?«

»Ja, ich bin zum Flughafen gefahren, habe tatsächlich fast sofort ein Ticket nach Mallorca bekommen und war noch nicht einmal zwei Stunden später bereits in der Luft.«

Nun, da Peter immer flüssiger ins Erzählen kam, stellten Verena und Stefan keine Zwischenfragen mehr, denn man hatte das Gefühl, Peter erlebte die Sache von damals vor seinem geistigen Auge noch einmal.

»Es war kurz nach Mittag, als …

… ich auf Mallorca landete. Ich nahm mir direkt einen Mietwagen nach Cala Bona, wo wir uns im Hotel Los Americanos eingebucht hatten. Ich fuhr wie ein Wilder über die Insel. Immerhin waren es fast siebzig Kilometer vom Flughafen bis zu unserem Hotel. Dennoch schaffte ich es, noch vor drei Uhr im Hotel zu sein. Da ich meine Buchungsbestätigung mitgenommen hatte, konnte ich zu Michaela ins Zimmer ziehen.

Der Portier, der mich am Telefon so von oben herab behandelt hatte, war seltsamerweise immer noch im Dienst und sagte mit kaum verhohlener Schadenfreude in der Stimme: »Na, ist Ihnen Ihre Frau abhanden gekommen? Soll ich Ihnen die Adressen der gängigen Discos aufschreiben?«

»Nein, das ist vorerst noch nicht nötig«, sagte ich zu ihm und musste mich beherrschen, ihm nicht auf der Stelle die Fresse zu polieren.

Ziemlich sauer nahm ich meinen Koffer und verschwand im Lift nach oben. Das Hotel sah bei Weitem nicht so gediegen aus wie im Reiseprospekt, war aber noch akzeptabel. Dort angekommen, ging ich sofort daran, das Zimmer zu durchsuchen. Ich suchte einen Hinweis, der mich auf

Michaelas Spur bringen konnte. Ich fand ihn im Nachtschrank.

Es war die Telefonnummer ihrer besten Freundin, die hier auf Mallorca eine Boutique für exklusive Damenmode betrieb. Michaela hatte zu Hause mehrfach erwähnt, dass sie diese Freundin, die sie schon mehrere Jahre nicht mehr gesehen hatte, besuchen wollte. Vielleicht war sie ja bei ihr. Ich zögerte keine Sekunde und rief dort an. Aber außer dem Anrufbeantworter erreichte ich niemanden. Ich hinterließ Annika Kronburg, so hieß die Freundin, eine Nachricht und ging an die Hotelbar, um bei einem Glas Wein zu überlegen, wie ich weiter vorgehen sollte, falls sie nicht bei Annika wäre. Ich brauchte aber nicht lange zu überlegen, denn kurz darauf nahm die Geschichte eine Wendung, mit der ich nicht gerechnet hatte.

Gegen achtzehn Uhr kam plötzlich ein Polizeibeamter der spanischen Kripo in die Hotelhalle – Kollegen erkenne ich aus einhundert Metern Entfernung – und unterhielt sich mit dem Mann an der Rezeption. Da die beiden spanisch sprachen, verstand ich kaum ein Wort. Nur dass es um Michaela ging, hatte ich herausgehört.

Aber als der Hotelangestellte zu mir kam und sagte: »Herr Stettner, dieser Herr ist Polizeibeamter und bringt Ihnen Nachricht von Ihrer Frau«, fuhr ich vor Schreck zusammen.

Ich stand mit zitternden Knien auf, ging auf meinen Kollegen zu und fragte: »Was ist mit meiner Frau passiert?« Ich schloss mich spontan ihrer Wortwahl an und sprach von meiner Frau statt von meiner Lebensgefährtin. Es war weniger umständlich, und ich ersparte mir so, wie ich hoffte, dumme Rückfragen.

Der Kriminalbeamte kam mir seinerseits entgegen, geleitete mich zu einer etwas abgelegenen Sitzgruppe und sagte in erstaunlich gutem Deutsch: »Ich bin Juan Hernandez von der örtlichen Kriminalpolizei. Setzen Sie sich bitte.«

In diesem Moment ahnte ich Schreckliches.

»Was ist denn mit ihr passiert, so reden Sie doch!«, schrie ich den völlig verblüfften Kollegen an, und als dieser so lange mit der Antwort zögerte, rutschte mir das Herz noch weiter in die Hose.

Nach beinahe zehn Sekunden, die er mich mitleidig, ja fast schon traurig angesehen hatte, begann er leise und bedächtig zu sprechen: »Sie müssen jetzt ganz stark sein. Es ist etwas Schreckliches passiert. Ihre Frau ist mit einem Mietauto in den Bergen nahe Sóller in eine Schlucht gestürzt. Ihr Auto ist explodiert, und sie ist bei dem Unfall ums Leben gekommen. Sie wurde bis zur Unkenntlichkeit verbrannt.«

»Nein, das kann nicht wahr sein!«, schrie ich gequält auf und fragte dann mit tonloser Stimme: »Wann genau ist das passiert?«

»Schon gestern. Unsere Experten haben ausgerechnet, es war gegen Mittag.«

Ich klammerte mich an den letzten Strohhalm, den ich zu erkennen glaubte, und sagte: »Das kann unmöglich sein. Sie ist frühestens um elf Uhr hier angekommen.«

Nun schaltete sich der Mann von der Rezeption, der die ganze Zeit die Ohren gespitzt hatte, in unser Gespräch ein: »Ihre Frau ist so gegen zehn Uhr dreißig hier angekommen und hatte ihr Zimmer noch nicht richtig bezogen, da rief sie auch schon bei mir an und fragte, wo sie hier ein Mietauto bekäme. Sie hat sich eines zum Hotel bestellt. Um elf Uhr fünfzehn ist sie damit weggefahren.«

Ich war am Ende. Schwer ließ ich mich in meinen Sessel

zurückfallen, aus dem ich zuvor aufgesprungen war. Der Beamte ging zur Bar und holte mir einen Whisky-Soda, den ich, obwohl ich keinen Whisky mag, die Kehle hinunterschüttete, als wäre es frisches Quellwasser.

Dann sagte der Kommissar: »Kommen Sie morgen früh nach Palma ins Präsidium, dann fahren wir in die Gerichtsmedizin. Dort können Sie Ihre Frau identifizieren, falls das überhaupt noch möglich ist.«

Ich begann zu würgen und hätte mich beinahe übergeben.

»Muss das wirklich sein?«

»Ja, das ist Vorschrift. Wir können es Ihnen nicht ersparen, auch wenn eigentlich alles klar ist. Denn wir fanden die Brieftasche Ihrer Frau wenige Meter neben dem Wagen. Sie war sehr stark angekohlt, aber Führerschein und Ausweis sind sehr gut zu lesen.«

»Haben Sie die Sachen dabei?«

»Nein, die bekommen Sie morgen im Präsidium.«

»Okay«, sagte ich nur und bestellte bei dem Mann an der Bar ein großes Bier und irgendetwas Hochprozentiges, nur keinen Whisky.

Dann gab ich mich meiner Trauer und dumpfem Brüten hin, sodass ich gar nicht so recht mitbekam, wie der Polizeibeamte sich entfernte und ging. Ich schottete mich vollkommen von meiner Umwelt ab, trank immer weiter und dachte nach. Je betrunkener ich wurde und je länger ich nachdachte, um so verworrener erschien mir das Ganze. Es war sonderbar. Warum sollte Michaela, kaum dass sie angekommen war, mit einem Mietwagen ins Gebirge fahren?

Dann aber kam der Punkt, wo der Alkohol meine Fantasie beflügelte und meine Sinne so richtig durcheinanderwarf. Was wäre, wenn Michaela doch einen Liebhaber auf Mallorca hatte? Und der etwas mit der Tat zu tun hatte? Allerdings merkte ich schnell, dass mir solche Grübeleien nicht weiterhalfen. Deshalb zahlte ich und ging hinauf in mein Zimmer. Ich warf mich aufs Bett und heulte. Der Raum begann sich um mich zu drehen. Er hatte gerade so richtig Fahrt aufgenommen, da läutete das Telefon.

Erst war ich wie gelähmt, doch nach dem fünften oder sechsten Läuten nahm ich ab und meldete mich mit schleppender Stimme: »Stettner.«

»Hallo Herr Stettner, hier ist Annika Kronburg. Ich habe Ihren Anruf bekommen. Was gibt es denn so Dringendes?«

»Ach, ich wollte nur wissen wo … wo mei… meine Frau ist«, lallte ich ins Telefon, und Michaelas Freundin fragte ganz erschrocken: »Ist sie nicht bei Ihnen? Was ist denn los? Sie hören sich an, als wären Sie besoffen.«

»Ja, das bin ich auch«, sagte ich, »es ist etwas Schreckliches passiert.«

»Was denn?«, schrie die Frau am andern Ende der Leitung.

»Michaela ist tot. Mit dem Auto verunglückt.«

»Was! Wann denn?«

»Gestern. Laut Polizei kurz vor Mittag. Bei Sóller.«

»Das kann nicht sein.«

»Warum?«

»Weil ich mit ihr bis halb eins in einem Lokal an der Promenade von Cala Bona gegessen habe.«

Mit einem Schlag war ich hellwach, nüchtern und wieder voller Tatendrang.

»Ich hole Sie morgen früh um acht Uhr ab; dann fahren wir zur Polizei, und Sie machen eine Aussage; dann müssen die weitersuchen.«

»Gern, aber ich wohne in Alcúdia, das ist ein riesiger Umweg. Deshalb schlage ich vor, ich bin gegen halb neun bei Ihnen, dann fahren wir zusammen nach Palma.«

»Ja, okay, machen wir es so!«, rief ich in den Hörer; dann legte ich auf.

Mit einem Mal begann wieder die Hoffnung in mir zu keimen, dass vielleicht jemand ganz anderes in den Flammen ums Leben gekommen war. Ich schlief sehr schlecht in dieser Nacht, aber nicht mehr, weil ich mir das Schlimmste ausmalte, sondern ...

»Onkel Peter«, rief Verena nun schon das dritte Mal und stieß ihrem Onkel in die Seite, »das Essen ist da!«

Peter Stettner, der sich nur sehr unwillig von seinen Erinnerungen löste, brauchte einige Zeit, um zu begreifen, wo er war, doch dann sagte er mit eindeutig gespielter Fröhlichkeit: »Los, greifen wir zu. Nach dem Essen erzähle ich weiter. Ich hätte allerdings nicht gedacht, dass mir das Ganze dabei wieder so plastisch vor Augen steht.«

Er hatte diesen Satz noch nicht ganz beendet, da griff er nach seiner Gabel und stürzte sich auf den Vorspeisenteller, als wollte er ihn allein vertilgen.

10.

Trotz der Ungeduld seiner Zuhörer ließ sich Peter nicht dazu bringen, während des Essens weiterzuerzählen. Bis ihre Teller leer waren, gab er kaum zehn Worte von sich. Aber nun drängte er darauf, weiterreden zu können.

»Michaelas Freundin war also tatsächlich um zwanzig nach acht vor dem Hotel, und um halb neun brausten wir bereits Palma entgegen. Unterwegs unterhielten wir uns über die ganze Sache, und je mehr Annika erzählte, umso sicherer wurde ich, dass da auf keinen Fall Michaela verbrannt sein konnte. Aber wo um alles in der Welt war sie dann? Wir fuhren gerade durch Manacor, ich weiß es noch, als ob es gestern gewesen wäre, da sagte Annika …

»Ich glaube nicht, dass Michaela mit diesem Auto in die Berge hinaufgefahren ist. Sie ist keine allzu gute Fahrerin, und Serpentinen hasst sie geradezu.«

»Das kann ich bestätigen«, sagte ich, und Annika berichtete weiter:

»Außerdem hatte sie, als wir uns trafen, keinen Mietwagen.«

»Wie das?«, fragte ich irritiert.

»Sie bat mich, sie nach dem Essen zu einem Ledergeschäft nach Son Servera zu fahren. Später meinte Michaela allerdings, sie sei müde und wolle lieber ins Hotel, um sich erst eine Stunde auszuruhen und anschließend den Tag am Strand zu beenden. In das Ledergeschäft könnten wir auch an einem anderen Tag fahren, da wir uns noch öfters treffen wollten. Das klingt nicht, als ob sie überhaupt vorgehabt hätte, einen Mietwagen zu nehmen.«

»So sehe ich das auch«, sagte ich erleichtert, »und vor allem wollte sie nicht in die Berge.«

Unterdessen waren wir am Polizeipräsidium angekommen und fragten uns zu Kommissar Hernandez durch. Es dauerte eine ganze Weile, bis wir sein Büro gefunden hatten, aber schließlich standen wir vor seiner Tür und klopften an.

»Kommen Sie herein«, erklang es von drinnen, und wir traten ein.

Der Kommissar kam um seinen Schreibtisch herum auf uns zu und begrüßte uns mit den Worten: »Buenos días, Señor Stettner, schön, dass Sie da sind. Wen haben Sie denn da mitgebracht?«

Ohne ihm einen guten Tag zu wünschen, kam ich sofort zum Thema: »Herr Kommissar, hier habe ich eine Zeugin, eine Freundin meiner Frau, die um die Mittagszeit mit ihr in einem Lokal auf der Promenade von Cala Bona gegessen hat. Es muss also jemand anders sein, der gestern Mittag dort oben in den Bergen verbrannt ist.«

»Ich weiß inzwischen, dass Sie ein Kollege von mir sind«, erklärte mir Kommissar Hernandez nachsichtig, »und weiß Ihren Eifer auch zu schätzen, aber ich habe trotzdem schlechte Nachrichten für Sie. Es steht ohne jeden Zweifel fest, dass es sich bei der verunglückten Person um Ihre Frau handelt.«

»Warum?«

»Weil wir Blutspuren von Ihrer Frau am und auch neben dem Wagen sichern konnten. Sie muss wohl, als das Auto zu brennen begann, in Panik die Scheibe eingeschlagen und sich dabei verletzt haben.«

»Woher wollen Sie wissen, dass es das Blut meiner Frau ist?«

»Wir haben es im Labor untersucht und das Ergebnis mit Labordaten Ihrer Frau aus Deutschland abgeglichen. Die Antwort kam heute früh. Es ist eindeutig das Blut Ihrer Frau. Außerdem haben wir auch noch diesen Schuh neben dem Wagen gefunden. Können Sie mir sagen, ob er Ihrer Frau gehört?«

Mich durchzuckte ein Schreck, denn der Schuh, den er mir zeigte, war eindeutig einer der wenig eleganten Treter, wie sie Michaela gern benutzte. Dennoch schien es mir wenig Sinn zu ergeben, dass sie im Wagen verbrannt war, aber einer ihrer Schuhe den Weg nach draußen gefunden hatte.

Deshalb sagte ich: »Ja, meine Frau hatte Schuhe dieser Art. Aber wie ist er aus dem Auto gekommen?«

»Unsere Techniker haben den Ablauf wie folgt rekonstruiert: Ihre Frau verlor die Gewalt über das Steuer und stürzte mit dem Wagen den Abgrund hinunter. Der Wagen landete halb schräg an einen Baum gelehnt, auf der Seite. Dadurch ging die Tür nicht auf, und Ihre Frau wurde eingeklemmt. Benzin trat aus und entzündete sich am heißen Motor, das Auto explodierte aber nicht sofort. Ihre Frau geriet in Panik, wollte sich befreien und schlug eine Scheibe der nach oben gerichteten Tür ein …«

»Warum hat sie die Tür nicht einfach aufgemacht?«

»Unsere Techniker sind der Meinung, dass sich der Wagen auf dem Weg nach unten mindestens einmal überschlagen hat. Dadurch ist wahrscheinlich die Verriegelung beschädigt worden. Sie schlug also in Panik das Fenster ein, und kurz darauf explodierte das Benzin im Tank. Durch die Druckwelle wurde der Baum, der inzwischen lichterloh brannte, abgeknickt und das Auto landete auf seinen Rädern. Dabei wurden die Türen aufgedrückt und der Schuh herausgeschleudert.«

Was der Kommissar da sagte, klang alles ganz plausibel, aber ich hatte keine Lust, mich so einfach geschlagen zu geben.

»Kommissar, Ihre Theorie in allen Ehren, aber das alles lässt sich auch arrangieren.«

»Warum sollte jemand das tun?«

»Das weiß ich nicht, aber eines ist Fakt. Sie sagten, der Unfall ist gegen Mittag passiert. Aber meine Frau kann, selbst wenn sie geflogen wäre, unmöglich vor dreizehn Uhr dreißig an dieser Stelle gewesen sein. Wer immer diese bedauernswerte Frau ist, die da oben in den Bergen verunglückt ist, es ist nicht meine Frau. Viel mehr sieht mir das Ganze nach einem geschickt eingefädelten Plan aus, hier etwas zu vertuschen. Den einen Punkt gibt es noch, von dem Sie nichts wissen. Meine Frau würde freiwillig nie mit einem Auto in die Berge fahren.«

»So?«

»Ja, das kann ich bestätigen«, rief nun auch Annika, die bislang schweigend dabeigestanden hatte, »meine Freundin war wirklich keine gute Autofahrerin und hatte geradezu Angst vor Serpentinen.«

»Ah, Frau …«

»Kronburg.«

»Frau Kronburg, Sie sehen inzwischen ein, dass es Frau Kolb ist, die da ums Leben gekommen ist?«

»Nein, wieso?«

»Sie sagten ›war‹ und ›hatte‹«.

»Das war keine Absicht und hatte auch nicht diesen Grund.«

»Das glauben Sie doch selbst nicht«, sagte der Kommissar grimmig, schaltete dann aber wieder den Schongang ein und fuhr fort: »Sie können gern beide mit rauskommen, wenn heute Nachmittag das Auto geborgen wird. Frau Kronburg, Sie können auch mitfahren. Gehen Sie jetzt erst mal Mittag essen und kommen Sie um zwei Uhr wieder her. Dann gehen wir schnell ins gerichtsmedizinische Institut und fahren anschließend nach Sóller, wo um sechzehn Uhr das Auto geborgen wird. Und zum mutmaßlichen Zeitpunkt des Unfalls wäre noch Folgendes zu sagen: Da die Leiche fast vollständig verbrannt ist, wollte sich unser Rechtsmediziner nur auf ein Zeitfenster von zehn bis vierzehn Uhr festlegen. Herr Stettner, machen Sie sich mit dem Gedanken vertraut, dass es Ihre Frau ist, die da ums Leben kam.«

Was sollte ich da noch sagen? Ich war zwar nach wie vor der Auffassung, dass es nicht meine Michaela sein konnte, die da im Auto verbrannt war, aber die Beweise, die Hernandez vorlegte, ließen kaum einen anderen Schluss zu. Trotzdem sagte ich zu, mit rauszufahren, während Annika, inzwischen völlig am Boden zerstört, in Palma auf meine Rückkehr warten wollte. Wir gingen in ein Lokal nahe der Kathedrale, wo wir irgendetwas aßen und unseren Schmerz mit mehreren Gläsern Wein betäubten. Gegen halb zwei ging ich ins Präsidium hinüber, und der Kommissar führte mich in die Gerichtsmedizin. Als ich vor den traurigen Resten einer völlig verkohlten Leiche stand, war ich entmutigter denn je.

Der Kommissar, der meine Niedergeschlagenheit spürte, sagte mitfühlend: »Herr Stettner, wollen Sie sich das wirklich antun und dorthin mitfahren, wo es passiert ist?«

»Ja, ja, ich komme mit. Auch wenn ich inzwischen selbst nicht mehr weiß, was ich glauben soll; ich muss es einfach mit eigenen Augen sehen.«

»Okay, wie Sie wünschen; fahren wir. Sie fahren wohl besser bei mir im Auto mit, denn so viel, wie Sie heute Mittag getankt haben, stürzen Sie mir am Ende auch noch ab.«

»Ja«, murmelte ich leise und ließ mich wie ein Lamm zur Schlachtbank führen.

Der Wagen des Kommissars war ein alter klappriger Geländewagen, den der Polizist mit aberwitziger Geschwindigkeit über die gut ausgebaute Straße in Richtung Sóller prügelte.

Wenigstens gibt es hier einen Tunnel und keine Passstraße, dachte ich noch, da kamen wir auf der anderen Seite schon wieder ans Tageslicht und sahen in etwa zwei Kilometern Entfernung die ersten Häuser von Sóller vor uns liegen.

»Ich dachte, es sei vor Sóller passiert«, sagte ich bissig zu Hernandez, »ich seh hier aber weder Serpentinen noch Schluchten, in die man stürzen kann.«

»Vor Sóller sagte ich auch nicht, sondern bei Sóller. Ich meinte eigentlich dahinter, am Aufstieg zum Puig Major.«

Er ignorierte völlig, dass er in einem Zivilfahrzeug ohne Blaulicht und Martinshorn unterwegs war. Er überfuhr mit unverminderter Geschwindigkeit eine rote Ampel, bog mit quietschenden Reifen rechts ab und sagte ungerührt: »Wir sind ein bisschen spät dran.«

Kurz darauf wurde die Straße sehr kurvig und stieg ziemlich steil an. Wenige Minuten später passierten wir den Aussichtspunkt Mirador de ses Barques, und wenn ich wie vorgesehen mit Michaela Urlaub auf Mallorca gemacht hätte, wäre das bestimmt einer unserer Lieblingsplätze geworden. So aber hatte ich verständlicherweise kein Auge für die Schönheiten der Insel und gerade genug damit zu tun, mich festzuhalten. Kommissar Hernandez schien alle Geschwindigkeitsrekorde brechen zu wollen. Und tatsächlich hatten wir die gut fünfunddreißig Kilometer von Palma dort hinauf in weniger als dreißig Minuten hinter uns gebracht. Gerade als wir am Ziel ankamen, begannen drei Männer mit einem Kranwagen das völlig ausgebrannte Auto aus der knapp zwanzig Meter tiefen Schlucht zu ziehen.

»Wird es Ihnen auch wirklich nicht zu viel?«, fragte Hernandez fürsorglich, während wir ausstiegen.

Er fragte wohl weniger aus Mitgefühl, vermutlich hatte er einfach keine Lust, sich auch noch um einen kotzenden deutschen Kollegen kümmern zu müssen.

»Nein, nein, ganz und gar nicht«, antwortete ich ihm, und der Polizist sah mich an, als ob ich das gefühlskälteste Wesen unter der Sonne wäre.

Schließlich konnte er nicht ahnen, wie sehr ich darauf brannte, Beweise dafür zu finden, dass Michaela noch lebte. Kaum zwanzig Minuten später war es so weit. Der Wagen stand oben auf der Straße, die weiträumig abgesperrt war, und nur wenige Journalisten waren zugelassen worden, um das makabere Spektakel in Wort und Bild festzuhalten. Ich trat an das Auto heran, und der Kommissar ließ mich gewähren. Ich hatte erst einen Blick in den Wagen geworfen, da durchzuckte mich ein Schreck; allerdings war er freudiger Natur. Denn was ich sah, ließ mich mehr denn je daran zweifeln, dass Michaela jemals mit diesem Auto gefahren war.

»Señor Hernandez, kommen Sie schnell!«, rief ich aufgeregt und konnte mich gar nicht beruhigen.

Mit dem Polizisten trat ein Journalist näher, und als der Beamte fragte: »Herr Stettner, was haben Sie denn?«, erklärte ich ihm triumphierend: »Den Beweis dafür, dass meine Frau unmöglich mit diesem Wagen gefahren sein kann.«

»Und der wäre?«, fragte Hernandez, und der Journalist machte sich Notizen.

»Weil das ein handgeschalteter Wagen ist. Meine Frau hat nur einen Führerschein für Automatik-Wagen.«

»Sie wird auf die Schnelle kein Auto mit Automatikgetriebe bekommen haben.«

»Ja, das Problem ist nur, Michaela kann mit einer Kupplung nicht allzu viel anfangen. So haben wir uns übrigens kennengelernt.«

»Das ist schon merkwürdig, da gebe ich Ihnen recht. Aber auf der anderen Seite haben wir aber nicht zu leugnende Beweise: das Blut, den Schuh, die Brieftasche.«

In diesem Moment sah ich in all dem Ruß und der Asche des verkohlten Beifahrersitzes etwas aufblitzen. Ich beugte mich in das Stahlgerippe, das einmal ein Auto gewesen war, hinein, nahm es an mich und war mir ab diesem Augenblick absolut sicher, dass hier etwas ganz und gar nicht stimmte. Denn ich hatte ein goldenes Feuerzeug gefunden, das keinerlei Brand- oder Rußspuren aufwies.

Triumphierend hielt ich es hoch und rief so laut, dass alle Journalisten es hören konnten: »Hier liegt ein Feuerzeug! Meine Frau war Nichtraucherin und führte nie ein

Feuerzeug mit sich. Außerdem sind da die Initialen H. B. drauf.«

Plötzlich änderte sich Hernandez' Art mir gegenüber völlig. Bislang hatte er wie selbstverständlich von meiner »Frau« gesprochen, obwohl wir zu diesem Zeitpunkt nicht verheiratet waren. Ich hatte gedacht, dass er das schlicht nicht wisse.

Aber nun sagte er kalt: »Ihre Lebensgefährtin wird einen Liebhaber gehabt haben, von dem Sie nichts wussten. Er hat ihr Fahrunterricht gegeben, und es ist schiefgegangen. Er ist dem Flammenmeer gerade noch entkommen, während seine Freundin im Auto verbrannte.«

Was sollte denn das? Bisher hatte Hernandez den Eindruck gemacht, als sei er fair und offen im Umgang mit mir. Aber nun diese haarsträubende Geschichte vom Freund meiner Frau? Ob der am Ende mit irgendwelchen Gangstern unter einer Decke steckte?

Jedenfalls machte ich mich in den folgenden Sekunden das erste Mal so richtig unbeliebt. Denn kaum hatte er das gesagt, da ging ich wie eine Furie auf den Kriminalbeamten los. Doch in meiner Wut schlug ich blindlings um mich und rannte so genau in seine Faust. Nur wenige Sekunden später fand ich mich noch ganz benommen auf dem staubigen Asphalt der Gebirgsstraße sitzend wieder.

Noch während ich auf dem Boden saß, kam ein Journalist, von dem ich wusste, dass er für ein großes deutschsprachiges Magazin auf der Insel schrieb, auf mich zu und fragte: »Sie sind also nicht davon überzeugt, dass Ihre Lebensgefährtin in diesem Auto ums Leben gekommen ist?«

»Nein, ganz und gar nicht«, fuhr ich den Journalisten böse an, der sich davon aber kein bisschen beeindrucken ließ:

»So, was glauben Sie denn sonst?«

Ich hatte mich von Hernandez' Schlag noch immer nicht ganz erholt, deshalb verriet ich mehr, als ich es sonst getan hätte: »Ich glaube, oder besser, ich weiß, dass das Ganze hier arrangiert wurde. Das Wie und Warum liegt aber vollkommen im Dunkeln. Ich weiß nur, dass dieser H. B., dem das Feuerzeug gehört, das ich gefunden habe, in dieser Sache eine Schlüsselrolle spielt.«

»Wie kommen Sie darauf?«

»Mit meiner ganzen Erfahrung als Kriminalbeamter sage ich Ihnen, dass sehr viel mehr dahintersteckt, als es den Anschein hat, und dass dieser H. B., wer immer das auch sein mag, diesen ›Unfall‹ hier arrangiert hat.«

Erst mit einiger Verspätung ging mir auf, dass mir mit dieser offenherzigen Rede ein riesiger Fauxpas unterlaufen war. Das galt in gleicher Hinsicht für meinen Beruf als auch meine Vermutung. Damit hatte ich diesen H. B. möglicherweise gewarnt.

Ich versuchte zu retten, was zu retten war, und als der Reporter fragte: »Habe ich das richtig verstanden? Sie sind in Deutschland Kriminalbeamter?«, da antwortete ich herunterspielend: »Nun ja, eigentlich bin ich Schutzpolizist, aber ich bin vor Kurzem zur Kripo übergewechselt.«

Aber was half das. Er würde schreiben, was ich ihm gesagt hatte. Schließlich war es sein Beruf. »Das ist endlich mal eine gute Story«, freute sich der Journalist, »die geht heute Abend noch in Druck.«

»Könnten Sie damit nicht noch ein, zwei Tage warten?«, bat ich ihn.

»Nein, wieso sollte ich? Endlich habe auch ich mal eine Super-Story. Hier auf Mallorca ist die Konkurrenz groß.«

»Dann bauschen Sie es wenigstens nicht so auf.«

»Das überlassen Sie mal mir. So, jetzt muss ich noch zu Kommissar Hernandez, um ihm ein Statement zu entlocken. Tschüss.«

»Mit wem habe ich denn gesprochen?«

»Warum wollen Sie das wissen?«

»Nur so, falls ich Ihre Hilfe einmal brauchen sollte.«

»Mein Name ist Hermann Ferreira«, sagte der Reporter, und als ich ihn erstaunt ansah, erklärte er: »Ich bin Deutsch-Spanier und bin in Köln aufgewachsen.«

Er ging zu Hernandez hinüber, schien aber bei ihm kein Glück zu haben, denn wenige Augenblicke später stieg er enttäuscht in sein Auto, um das zu tun, was seine Kollegen schon einige Minuten vor ihm getan hatten. Er fuhr in die Stadt hinunter, um seinen Artikel noch rechtzeitig zu Papier zu bringen.

Inzwischen war auch der ausgebrannte Wagen verladen. Der Kommissar stand schweigsam dabei – zu schweigsam, wie mir schien.

Doch dann kam er zu mir herüber und sagte: »Kommen Sie, Herr Stettner, wir fahren zurück in die Stadt. Ihre Begleiterin wird Sie inzwischen bestimmt sehnsüchtig erwarten.«

»Ach, du meine Scheiße«, war alles, was mir einfiel.

Denn an Annika, die noch immer in dem kleinen Lokal nahe der Kathedrale wartete, hatte ich in den vergangenen Stunden nicht einen Gedanken verschwendet. In der Zwischenzeit war es immerhin achtzehn Uhr geworden.

Ich stieg ein, und wir fuhren los. Nach einigen Kilometern, die der Kommissar schweigsam über die gut ausgebaute Asphaltpiste gedonnert war, sprach ich ihn an.

»Können Sie über Ihr Autotelefon im Lokal anrufen und mich ankündigen?«

»Hm, ja«, war alles, was er antwortete, aber er erfüllte mir den Wunsch.

Dann fuhren wir schweigend weiter. Es war ein frostiges Schweigen.

Erst kurz vor Palma fragte ich noch einmal: »Señor Hernandez, werden Sie den Spuren nachgehen, die ich Ihnen gezeigt habe? Haben Sie das Feuerzeug zu Ihren Beweisstücken getan?«

»Ich tue, was getan werden muss.«

»Und was ist das?«, fragte ich und dachte: Mehr aber ganz bestimmt nicht.

»Lassen Sie das ruhig meine Sorge sein.«

»Ja, aber …«

»Nichts aber, Sie sind hier nicht in Deutschland.«

»Was soll denn das heißen?«

»Lassen Sie mich meine Arbeit machen, und ermitteln Sie nicht auf eigene Faust. Ich weiß schon, was ich tue.«

Diesen Eindruck hatte ich ganz und gar nicht. Hätte ich ihm vertraut, wer weiß, wie alles gekommen wäre. So aber nahm ich mir vor, seine Warnung in den Wind zu schlagen und sehr wohl auf eigene Faust zu ermitteln. Wenngleich ich nicht die geringste Ahnung hatte, wo ich ansetzen sollte.

In der Zwischenzeit waren wir vor dem Präsidium angekommen, ich verabschiedete mich ziemlich unterkühlt von Hernandez und dachte: Keine Sorge, ich werde ermitteln. Einer muss deine Arbeit schließlich machen.

Dann ging ich schnell zu dem Bistro, in dem Annika noch immer wartete, und erstattete ihr Bericht.

Sie hörte aufmerksam zu, und als ich geendet hatte, sagte sie: »Ich glaube, du hast recht. Wer auch immer da verbrannt ist, es war nicht Michaela. Aber was willst du jetzt tun?«

»Im Moment weiß ich das noch nicht; ich bin völlig ratlos. Zuerst werde ich mal eine Nacht drüber schlafen. Dazu bin ich in den letzten zweiundsiebzig Stunden so gut wie überhaupt nicht gekommen.«

»Okay, kann ich auch was für dich tun?«

»Ja, fahr nach Hause und bring dich aus der Schusslinie.«

»Meinst du, es wird gefährlich?«

»Das könnte durchaus sein. Ich hab da oben in den Bergen einem Journalisten gegenüber zu sehr aus dem Nähkästchen geplaudert.«

»Fahren wir nach Cala Bona zurück. Vor dem Hotel steht ja noch mein Auto.«

Während der Fahrt über die große Ebene Es Plà wurde Annika, die in diesem Bistro ganz schön kräftig weitergebechert haben musste, immer schweigsamer und müder. Kurz vor Manacor sank ihr Kopf gegen meine Schulter, und sie schlief ein. Ich wollte sie nicht wecken, denn auch für sie war der Tag ziemlich hart gewesen. Deshalb ließ ich sie in dieser Position einfach weiterschlafen. Während wir so durch die Abenddämmerung dahinglitten, ich ihren Kopf an meiner Schulter spürte und ihr braunes schulterlanges Haar mich an der Wange kitzelte, keimten in meinem Hirn Gedanken auf, die ich bislang nicht für möglich gehalten hatte. Augenblicklich schämte ich mich dafür, dass ich darüber nachdachte, wie oft und wie sehr ich mich in den vergangenen Monaten mit Michaela gestritten hatte und wie harmonisch dieser Tag heute verlaufen war …

Glücklicherweise war die Fahrt in diesem Moment zu Ende, und ich parkte vor dem Hotel ein. So konnte ich diese Gedanken beiseite schieben, bevor sie in meinem Gehirn mehr Raum einnahmen.

Annika, die noch immer sehr müde und angeschlagen wirkte, wollte aussteigen, knickte dabei aber mit dem Fuß so unglücklich um, dass sie, laut »Autsch!« rufend, in meine Arme fiel, als ich ihr beim Aussteigen half.

Angetrunken, wie sie war, konnte ich sie unmöglich nach Hause fahren lassen. Kurz entschlossen nahm ich sie mit ins Hotel, was mir einen spöttischen Blick des Portiers einbrachte. Das sollte wohl bedeuten: Na, Sie haben sich aber schnell getröstet.

Ich sah ihn entrüstet an, sagte aber nichts. Denn jeder Rechtfertigungsversuch hätte nur bewirkt, dass er sich noch mehr im Recht fühlte. Ich trug Annika mehr, als dass sie ging, aber schließlich kamen wir in meinem Zimmer an. Ich legte Annika in Michaelas Bett und zog ihr die Schuhe aus. Sie schlief augenblicklich wieder ein und bekam nichts davon mit. Annika musste wirklich viel getrunken haben, und es war richtig, sie nicht mehr fahren zu lassen.

Danach legte ich mich in voller Montur ins andere Bett, und obwohl es erst zehn Uhr abends war, schlief auch ich augenblicklich ein. Aber nur eine Stunde später wachte ich völlig durchgeschwitzt wieder auf. Dieses im Katalog so sehr angepriesene Hotel verfügte nicht einmal über eine Klimaanlage. Was sollte ich tun? Da ich nie im Pyjama schlafe, hatte ich logischerweise auch keinen dabei. Deshalb zog ich Hemd und Hose aus und legte mich nur mit meiner Unterhose bekleidet, ohne mich zuzudecken, aufs Bett und war kurz darauf wieder eingeschlafen.

Irgendwann am frühen Morgen, es muss gegen fünf gewesen sein, weckte mich etwas, das an meiner Nase kitzelte. Es war Michaelas Haar. Zumindest glaubte ich das im Halbschlaf.

»Michaela, bist du das?«, fragte ich schlaftrunken, als ich merkte, dass eine Hand sich in meine Unterhose schob. Augenblicklich war ich hellwach und wusste, dass es Annika war, die mich verführen wollte. Für den Bruchteil einer Sekunde war ich versucht, ihr nachzugeben, doch dann besann ich mich eines Besseren.

»Annika, nein, ich will das nicht!«, rief ich, riss mich los und sprang auf – stellte aber beschämt fest, dass die Ausbeulung in meiner Unterhose das Gegenteil bewies.

Dennoch sagte ich entschieden: »Ich hab dich wirklich gern. Aber das geht nicht.«

Annika, der die ganze Situation mindestens genauso peinlich war wie mir, erklärte geknickt: »Ich hab mich in dich verliebt. Als ich aufwachte und dich da so liegen sah, konnte ich nicht anders …«

Ich selbst war mir in diesem Augenblick alles andere als sicher, was ich wirklich fühlte. »Wenn du dich ausgeruht genug zum Fahren fühlst«, sagte ich, »würde ich dich bitten, nach Hause zu fahren.«

Sie fuhr nur zehn Minuten später. Ich habe sie seitdem nicht wiedergesehen. Wir haben nur einige Male miteinander telefoniert, als Michaela mich vor gut sechs Jahren verlassen hat. Sie hat übrigens später einen reichen, älteren Deutschen, der auf Mallorca lebt, geheiratet und die Boutique verkauft. Aber das nur nebenbei.

Kaum war Annika fort, begann es in meinem Kopf wieder zu arbeiten. Zwei Fragen trieben mich um: Wer war H. B.? Und wo war er zu finden?

Mir kam eine Idee, die so abwegig war, dass sie schon wieder gut sein konnte. Das Feuerzeug, das ich gesehen hatte, gehörte ganz eindeutig einem Mann. Einem vermögenden Mann. Denn wenn mich mein bescheidener Sachverstand nicht getrogen hatte, war es aus massivem Gold und mit einigen Brillanten besetzt.

»Ein richtiges Zuhälterfeuerzeug«, sagte ich laut zu mir selbst und begann mir vorzustellen, wo auf Mallorca ein solcher Mann leben würde. Bestimmt nicht in den Arbeitervororten Palmas, Manacors und Incas, den größten Städten der Insel. Aber auch nicht in den Touristenhochburgen. Das schränkte die Suche doch schon gewaltig ein. Dachte ich zumindest. Ich musste mir ein Telefonbuch und eine detaillierte Straßenkarte der Insel besorgen, am besten mit Stadtplänen, und schon konnten meine Nachforschungen beginnen. Mir war klar, dass dieser Plan durchaus in einer Sackgasse enden konnte. Vielleicht gab es fünfhundert Mallorquiner mit den Initialen H. B. in den entsprechenden Wohngegenden. Trotzdem sah ich hier in diesem Moment meine einzige Chance weiterzukommen.

Es war noch sehr früh am Morgen, auf den Straßen würde noch nicht viel los sein. Ich zog mich schnell an und schnappte mir eine Stofftasche, verließ das Hotel und suchte mir eine Telefonzelle. Scheibenkleister, hier fehlte das Telefonbuch. Ein Stück weiter die Promenade hinunter hatte ich mehr Glück. In der nächsten Telefonzelle hing ein Buch für ganz Mallorca. Da die Stadt gerade im Begriff war zu erwachen, sah ich mich verstohlen um, bevor ich das Buch kurzerhand aus der Verankerung riss. Es gab überraschend schnell nach. Vermutlich war es hier genau wie in Deutschland Volkssport, sich so in den Besitz einer gewünschten Nummer zu bringen. Ich steckte das Telefonbuch in die Stofftasche, ging zum Hotel zurück. Im Zimmer ging ich sofort daran nachzusehen, wie viele Leute es wohl mit dem Anfangsbuchstaben B im Nachnamen auf Mallorca geben könnte. Die erste Bilanz war ernüchternd. Es gab sage und schreibe vierundzwanzig Seiten mit Familiennamen, die mit B begannen.

Anschließend zählte ich, wie viele Namen auf einer Seite

standen: Es waren einhundertachtzig. Das hieß, ich musste gut viertausend Namen sortieren.

Auf den Schrecken ging ich erst mal frühstücken. Nur gut, dachte ich, dass der gesuchte Buchstabe kein G oder M war. Dann hätte ich gleich aufgeben können. Ich fraß, so kam es mir vor, das halbe Büfett leer, und anschließend machte ich mich auf den Weg, um Landkarten, Schreibblocks und Kugelschreiber zu kaufen.

Bis ich alles beisammen hatte, war es schon später Vormittag. Meine Einkaufstour hatte mich weit vom Hotel weggeführt, und draußen war es wieder brütend heiß. Ich suchte den Schatten einer schmalen Gasse, um zum Hotel zurückzukehren. Das wurde mir zum Verhängnis. Denn in dieser Gasse gab es keine Geschäfte und erst recht keine Touristen. Während ich so in Richtung meiner Bleibe zurücklief, kamen mir zwei Männer entgegen. Ich beachtete sie erst, als sie direkt vor mir stehen blieben und mir den Weg versperrten. Es waren zwei Schlägertypen übelster Sorte. Der eine, ein kleiner, muskelbepackter Endzwanziger, schwang eine Fahrradkette, und sein Kumpan, der auch nicht viel älter, dafür aber baumlang und spindeldürr war, ging mit bloßen Fäusten auf mich los …

Gerade als es spannend wurde, kam die Wirtin an den Tisch und fragte: »Kann ich kassieren?«

Da erst merkten die drei, dass sich der Biergarten bereits vollständig geleert hatte. Stefan warf einen Blick auf seine Armbanduhr, und er wusste, warum sie die einzigen Gäste waren. Mitternacht war bereits Geschichte.

»Klar, machen Sie bitte die Rechnung«, sagte Peter. Sie verschwand im Haus und kam nach kurzer Zeit mit einem ellenlangen Kassenzettel und drei Gläsern Ouzo zurück.

»So, das macht genau siebenundachtzig Euro«, sagte sie, und den dreien wurde erst jetzt so richtig bewusst, wie viel Apfelwein sie im Laufe des Abends konsumiert hatten.

Als die Wirtin wieder gegangen war, tranken sie den Schnaps und brachen auf. Auf dem Heimweg und anschließend in seinem Wohnzimmer setzte Peter seine Geschichte fort. Die Nacht war noch lange nicht zu Ende. Und Peter hatte in seinem Kühlschrank noch genügend Apfelwein kaltgestellt …

11.

Ja, ich war also in einer ziemlich brenzligen Situation. Dass diese beiden Schläger nicht gekommen waren, um Gutes zu tun, war offensichtlich, und ich konnte ihnen in der schmalen Gasse nicht ausweichen. Als der Kleinere mit seiner Fahrradkette ausholte, gelang es mir gerade noch, den Arm hochzureißen und den Schlag abzuwehren. Der Ärmel meiner leichten Jacke zerriss mit einem hässlichen Geräusch. Doch dann kam der andere auf mich zu und sagte:

»Halt dich gefälligst aus unseren Angelegenheiten raus!«, dazu holte er kurz und trocken aus und ließ seine Faust in meine Magengrube sausen.

Ich ging in die Knie und dachte: Es ist besser, ich spiele den Angeschlagenen, bevor die mich in dieser stillen Gasse halb totschlagen, oder am Ende sogar ganz. Da sauste die Fahrradkette ein zweites Mal auf mich herab. Ich hatte keine Chance, den Hieb abzuwehren, und merkte, wie die Haut an meiner Backe aufriss. Kurz darauf schmeckte ich das Blut, das aus der Wunde quoll. Noch bevor ich irgendetwas sagen konnte, traktierten mich die beiden schon wieder. An Gegenwehr war nicht mal im Ansatz zu denken. Während ich noch vor den beiden im Straßenstaub kniete, versetzte mir der Größere der beiden einen Kinnhaken, der mein Gebiss erbeben ließ.

Das Knirschen meines Unterkiefers übertönte beinahe die Worte des Schlägers: »Ich sag's dir heute noch mal im Guten. Lass die Sache, wie sie ist, und gib Ruhe. Beim nächsten Mal, das kann ich dir jetzt schon versprechen, sind wir ganz bestimmt nicht so zimperlich.«

Als wollte er noch einmal unterstreichen, wie ernst er es meinte, rammte er mir nun die Faust voll auf die Nase. Im ersten Augenblick dachte ich schon, sie sei gebrochen, doch dann stellte ich erleichtert fest, dass er schlecht gezielt hatte. Sie begann nur ganz leicht zu bluten.

»Ja, ist gut«, murmelte ich und ließ mich, als wäre ich ein nasser Sack, nach vorn fallen.

Während der größere Schläger nun von mir abließ, war der mit der Kette noch nicht so recht mit seinem Werk zufrieden. Er begann meine Rippen mit kurzen, aber kräftigen Tritten zu traktieren.

»Komm, lass, der hat genug«, sagte der Besonnenere der beiden Ganoven, aber der andere wollte das nicht einsehen.

»Moment noch«, knurrte er und trat erneut zu.

Ich hatte inzwischen kapituliert und ließ die Tritte einfach über mich ergehen. Genau in diesem Augenblick öffnete sich über uns ein Fenster, und ein alter Mann sah heraus. Er erfasste sofort die Situation und rief laut um Hilfe.

Augenblicklich packte der Klügere der beiden Gangster seinen Kumpel, der partout noch einmal zutreten wollte, und zerrte ihn mit sich fort. Ich war kaum in der Lage, den Kopf zu heben, dennoch erkannte ich, wie die beiden am Ende der Gasse in einen alten weißen BMW der Dreierreihe einstiegen und mit quietschenden Reifen rückwärts aus der Straße fuhren.

Ich weiß bis heute nicht, wie ich es geschafft habe, so

schnell auf die Beine zu kommen und bis zum Ende der Straße zu torkeln, wo ich nur zehn Sekunden zuvor noch fast bewegungsunfähig auf dem Boden gelegen hatte. Jedoch konnte ich gerade noch den ersten Teil des Nummernschildes erkennen. Es lautete PM 375 …

So viel wusste ich nun. Die Schläger, vermutlich Handlanger dieses H. B., fuhren einen Wagen, der auf Mallorca zugelassen war. Für einen Mietwagen war das Auto eindeutig zu alt. Dieses Auto würde ich jederzeit wiedererkennen. Wenn ich jetzt noch die Zahl der H. B.s eingrenzen konnte … Ich nahm mich zusammen, wischte mir das Blut aus dem Gesicht und machte mich auf den Weg zum Hotel. Zum Glück hatten meine Erwerbungen nicht gelitten.

Als ich ins Hotelfoyer kam, hatte mein spezieller Freund, der Portier, seine nächste Schicht angetreten und fragte prompt spöttisch, was mir denn passiert sei.

Ich antwortete genauso frech grinsend: »Ich bin mit einem Müllwagen zusammengestoßen.«

Dann ging ich hinauf in mein Zimmer, wusch mich gründlich, verband meine Wunden und legte mich erst einmal ins Bett. Ich war zwar total fertig, aber zum Schlafen viel zu aufgewühlt. Ich ließ mir den Überfall noch einmal durch den Kopf gehen und fragte mich, wie lange die Ganoven wohl weitergemacht hätten, wenn der Alte nicht ans Fenster gekommen wäre. Hatte er mir am Ende gar das Leben gerettet?

So konnte das nicht weitergehen. Zuallererst brauchte ich eine Waffe, um das nächste Mal nicht mehr ungeschützt in einen Hinterhalt zu geraten. Denn dass ich mit meinen Äußerungen der Presse gegenüber irgendjemandem gewaltig auf den Schlips getreten war, stand nun unzweifelhaft fest.

Schließlich schlief ich doch noch ein. Ich wachte erst wieder auf, als die Abenddämmerung bereits eingesetzt hatte, und da wir unser Urlaubsquartier nur mit Frühstück gebucht hatten, musste ich mir ein Lokal zum Abendessen suchen. Im Hotel wollte ich, so wie ich aussah, keinesfalls essen. Ich ging der Einfachheit halber in ein kleines Restaurant nur wenige Meter vom Hotel entfernt und wurde nicht enttäuscht. Das Essen war reichlich, gut und vor allem preiswert. Da ich nicht wusste, wie lange sich meine Suchaktion hinziehen und was sie kosten würde, tat ich gut daran, mit meinem bescheidenen Vermögen sparsam umzugehen. Allerdings hatte ich keine Lust, länger als nötig in der Gaststätte zu bleiben, und war schon eine gute Stunde später zurück im Hotelzimmer.

Sofort begann ich mithilfe des Telefonbuchs und der Stadtpläne eine Liste mit H. B. zusammenzustellen, die nach den von mir festgelegten Kriterien in Frage kamen. Immerhin gab es fast dreihundertfünfzig B., deren Vorname mit H. begann. Eine ganze Menge Arbeit also.

Aber ich kam besser voran, als ich mir es vorgestellt hatte. Denn hundertdreißig Namen konnte ich aussortieren, weil es Frauen waren. Weitere fünfzig kamen nicht in Betracht, weil sie in den Arbeitervierteln der größeren Städte wohnten. Bei weiteren fünfundsiebzig handelte es sich um Bauern, Handwerker und Europäer, deren Wohnungen in den Ferienzentren lagen. Die konnte ich, zumindest fürs Erste, vernachlässigen. Bei zahlreichen Namen wiederum stimmten zwar die meisten Rahmenbedingungen, aber sagte mir mein Gefühl, dass es sich nicht um den gesuchten H. B. handelte – aus diesem oder jenem Grund. Warum sollte zum Beispiel der allseits gefeierte Tenor Hartmut Bender meine Frau entführen? So blieben gerade noch einunddreißig Adressen übrig, von denen bei sieben tatsächlich nur ein H. im Telefonbuch stand und es damit nicht klar war, ob es Männer oder Frauen waren. Auf jeden Fall waren die meisten von ihnen keine Spanier.

Auf die Idee, dass es noch weitere H. B. geben könnte, die nicht im Telefonbuch standen, kam ich gar nicht. Das war vermutlich auch besser so, denn es hätte mich zu sehr entmutigt. So aber legte ich mir eine Liste an, in welcher Reihenfolge ich den Anwesen und Wohnungen der Leute einen Besuch abstatten wollte. Was ich konkret unternehmen würde, wenn ich meine Frau tatsächlich fände, wusste ich nicht. Ich machte mir darüber in diesem Moment auch keine Gedanken.

Nur eines war klar. Ich brauchte so schnell wie möglich eine Waffe. Gleich am nächsten Tag wollte ich nach Palma fahren und mir eine Pistole besorgen.

Ich sah auf meine Armbanduhr und stellte fest, dass es bereits weit nach Mitternacht war. Das hieß, es war zu spät, noch etwas zu unternehmen. Aber endlich hatte ich eine Perspektive, Michaela wiederzufinden. Das beruhigende Gefühl, den Faden an der richtigen Stelle aufgenommen zu haben und etwas tun zu können, ließ mich erstaunlich gut schlafen, und als ich am nächsten Morgen um zehn Uhr erwachte, musste ich mich sogar beeilen, um am Frühstücksbüfett noch etwas zu bekommen.

Gegen Mittag brach ich auf, um wegen der Waffe nach Palma zu fahren. Ich war zuversichtlich, dass ich den richtigen Platz, das richtige Lokal finden würde, wo man mir unter dem Tresen etwas Passendes verkaufen konnte.

So erreichte ich noch vor halb eins Manacor und dachte: Ganz hier in der Nähe, am Rande von Sineu, ist die erste Adresse auf meiner Liste, die ich überprüfen wollte.

Es kam mir wie Zeitverschwendung vor, daran vorbeizufahren, also wollte ich es auch ohne Waffe wagen.

Es handelte sich – höchstwahrscheinlich – um einen Engländer oder Amerikaner namens Harold Brown. Schon der Name Brown kam mir alles andere als geheuer vor. Das roch geradezu nach einem Decknamen.

Kurz vor Algaida bog ich in die kleine Straße über Pina nach Sineu ein. Ich fand das Anwesen, das geradezu gigantische Ausmaße hatte, am nördlichen Stadtrand und legte mich auf die Lauer. Das heißt, ich stellte mein Auto unter einem Schatten spendenden Baum ab und spielte Tourist. Das Anwesen lag wie ausgestorben da. Also genau das Richtige, um eine entführte Frau festzuhalten. Es dauerte mehr als zwei Stunden, bis sich eine Person auf dem Hof zeigte. Es war eine ältere Frau, die die sechzig schon eine ganze Weile hinter sich gelassen hatte. Kurz darauf trat ein mindestens ebenso alter Mann, der trotz der Hitze Anzug, Hut und Krawatte trug, aus dem Haus und ging zum Schuppen hinüber. Er öffnete das Tor und ging hinein. Ich versuchte von meinem Platz einen Blick in den Schuppen zu werfen, sah aber nichts. Deshalb musste ich näher ran. Ich startete meinen Wagen.

Während ich auf die Finca zufuhr, kam der Mann mit einem alten Austin, der noch aus den sechziger Jahren zu stammen schien, aus dem Schuppen gefahren. Gerade als seine Frau einstieg, stieg ich aus und trat an das Fenster auf der Fahrerseite des Austin heran.

In holprigem, ziemlich eingerostetem Schulenglisch fragte ich: »Guten Tag, sind Sie Herr Brown?«

»Ja.«

»Sind Sie der Besitzer dieses Anwesens?«

»Warum wollen Sie das denn wissen? Wollen Sie es kaufen?«

»Vielleicht«, sagte ich unsicher, denn darauf, dass ich mit meinen Verdächtigen locker plaudern würde, war ich in keiner Weise vorbereitet.

»Da muss ich Sie leider enttäuschen. Denn erstens ist das Haus nicht zu verkaufen, und zweitens gehört es nicht mir. Ich bin nur der Butler des Besitzers und Verwalter dieser Finca. Meine Frau ist hier als Köchin beschäftigt.«

Dann nannte er mir noch den Namen des Besitzers, eines Schauspielers am Londoner Staatstheater, der allerdings kaum Zeit fand, drei Wochen im Jahr hier zu verbringen. Höflich, wie Engländer sind, bot er mir an, dass ich das Haus trotzdem besichtigen dürfe, obwohl er gerade mit seiner Frau auf dem Weg zum Großmarkt nach Inca wäre. Da ich inzwischen wusste, dass ich auf der falschen Fährte war, lehnte ich dankend ab.

Ich verabschiedete mich von den Leuten, die ihren alten, aber hervorragend gepflegten Wagen starteten und davonfuhren.

Auch wenn es mich Mühe gekostet hatte, das Gespräch auf Englisch zu führen, war ich doch froh, gleich hierhergefahren zu sein. Damit konnte ich bereits eine Adresse auf meiner Liste streichen.

Wenn ich schon mal in der Gegend bin, sollte ich auch gerade die nächsten beiden Adressen auf meiner Liste anfahren, denn sie sind ja nicht weit von hier, dachte ich.

So stieg ich in meinen Leihwagen, der inzwischen ordentlich Kilometer zu sammeln begann, und fuhr über eine schmale Landstraße in den Nachbarort Llubi hinein. In diesem vielleicht tausend Einwohner zählenden Landstädtchen wohnte mein nächster Kandidat. Er hieß Hermann Benkovic. Das Haus, das er bewohnte, war neu erbaut, lag am Ortsrand und umfasste drei riesige Wohnungen. Ich parkte auf der anderen Straßenseite und sah mir das Haus genauer an. Ob das hier wirklich das Versteck war, in dem Michaela gefangen gehalten wurde?

Nun ja, dachte ich, Kontrolle kann nicht schaden, und wollte gerade aussteigen, als ich hinter einem der Vorhänge eine Bewegung wahrnahm.

Plötzlich bereute ich doch, ohne Waffe gekommen zu sein.

Gemütlich wie ein Tourist schlenderte ich über die Straße, blieb wie zufällig vor dem Haus stehen und läutete bei Herrn Benkovic. Augenblicklich summte der Türöffner am Hoftor, ohne dass jemand gefragt hätte, wer da ist. Ich ging zur Haustür hinüber, stieg die vier Stufen hinauf und sah mich plötzlich einem stämmigen Kerl gegenüber, der sich mit einem wilden Schrei auf mich stürzte. Wie gut, dass ich dieses Mal vorbereitet war. Noch bevor seine Hände meinen Hals erreichten, packte ich seinen Arm, drehte ihn im Polizeigriff auf den Rücken und zwang den Mann, der außer sich war vor Raserei, in die Knie.

»Sind Sie Hermann Benkovic?«, fragte ich ihn, aber anstatt mir zu antworten, versuchte er sich meinem Griff zu entwinden. Es ging leider nicht anders; ich streckte ihn mit einem gezielten Faustschlag nieder.

Als er wieder zu sich kam, saß er gefesselt auf dem Fußboden seines Wohnzimmers. Die Wohnungstür hatte ich vorsorglich geschlossen. Orientierungslos sah er mich an.

»Sind Sie Hermann Benkovic?«, fragte ich ihn nochmals, und mehr als widerwillig ließ er sich schließlich zu einem knappen »Ja« herab.

Kurz darauf fragte er allerdings aggressiv: »Sind Sie der Kerl, den meine Alte schicken wollte, um ihre Sachen zu holen?«

»Welche Alte, um was geht es denn?«

Langsam keimte in Benkovic der Verdacht, dass er sich mit dem Falschen angelegt hatte.

»Wer sind Sie dann, wenn ich fragen darf?«

»Sie dürfen. Ich bin von der deutschen Kriminalpolizei, Abteilung Organisierte Kriminalität, und ermittle undercover hier auf Mallorca. Ihre Adresse ist eine von vielen, die ich überprüfen muss.«

»Haben Sie auch einen Polizeiausweis?«

»Klar.«

»Darf ich den sehen?«

»Sie dürfen«, sagte ich und hielt ihm meinen Polizeiausweis, den ich immer mit mir führte, unter die Nase. »So, was sollte dieser Angriff auf mich eben?«

Nun war sein Widerstand gebrochen.

Er druckste noch etwas herum, dann erzählte er: »Letzte Woche hat meine Alte mich verlassen. Und das, wo sie mir alles zu verdanken hat. Ich habe sie doch aus der Scheiße geholt. Sie müssen wissen, dass ich in Österreich ein erfolgreicher Unternehmer war, bevor ich mich hier zur Ruhe setzte. Meine Alte, äh, Frau war Oben-ohne-Bedienung in einem Nachtclub in Wien, bis ich sie vor fünf Jahren heiratete. Vor zwei Jahren sind wir hierhergegangen. Jetzt ist sie mit einem anderen Kerl fort. Ich dachte, das wären Sie.«

Ich hatte fast schon so etwas wie Mitleid mit dem Typen. Bis er dann auch noch zu greinen anfing, ich solle ihm keine Schwierigkeiten machen, weil er auf mich losgegangen war. Da fand ich, dass er ein ziemlicher Jammerlappen war.

Trotzdem sagte ich: »Sie haben Glück, dass ich keinerlei Aufsehen erregen darf. Nur der kleinste Hinweis darauf, dass ich auf Mallorca bin, kann unsere Operation gefährden. Ich binde Sie jetzt los.«

Kaum hatte ich ihn losgemacht, da läutete es erneut an der Tür. Benkovic traute sich gar nicht erst hinzugehen; deshalb ging ich. Draußen stand ein Mann, dem ich beim besten Willen nicht nachts in einer dunklen Straße begegnen mochte. Tätowiert von oben bis unten, Lederklamotten, Glatze und Ring im Ohr.

»Ich will den Schmuck und die Pelze von Anna-Lena holen«, sagte er nur, da baute ich mich vor ihm auf, packte ihn am Kragen und sagte scharf: »Gar nichts holen Sie. Frau Benkovic hat die letzten fünf Jahre wie die Made im Speck gelebt, das reicht. Herr Benkovic hat mich beauftragt, dafür zu sorgen, dass sie nichts bekommt.«

Da geschah etwas, was ich nicht für möglich gehalten hätte.

Der Mann mit dem martialischen Auftreten wurde immer kleiner und hätte sich vermutlich in einem Mauseloch verkrochen, wenn er denn eines gefunden hätte.

»Ist ja schon gut«, murmelte er, drehte sich um und ging, ja er rannte fast zur Straße hin.

Noch so ein Waschlappen, dachte ich, der wird auch nicht lange Spaß an dieser Anna-Lena haben.

Dann winkte ich dem völlig verblüfften Österreicher noch einmal zu, verließ sein Haus und fuhr der dritten Adresse auf meiner Liste entgegen. Sie war in einem Dörfchen namens Caimari, das am Aufstieg zum Tramuntana-Gebirge lag. Ich fuhr über Inca und Selva dorthin, und obwohl das kaum mehr als fünfzehn Kilometer sind, brauchte ich fast eine Stunde. Der Stadtverkehr von Inca, wo ich an jeder Ampel stand und auch sonst nur im Schritttempo vorwärtskam, trieb mich zur Weißglut. Nur die Erinnerung an die gerade erlebte Episode ließ mich während der Fahrt hin und wieder schmunzeln.

Aber endlich war es geschafft. Caimari mit seinen vielleicht dreihundert Einwohnern und höchstens fünf Straßen lag vor mir. Bei der Kirche fragte ich einen Einheimischen nach der von mir gesuchten Straße, und er zeigte mir, dass ich quasi davorstand. Ich bog ein, fuhr ganz bis zum Ende durch und parkte vor einer wirklich hübsch hergerichteten kleinen Finca, in der ein gewisser Hercule Boisson leben sollte. Unterwegs hatte ich mir eine Geschichte zurechtgelegt, die ich dem Hausherrn auftischen wollte, wenn ich ihm gegenüberstand.

Ich stieg aus, klingelte und hätte im Grunde im gleichen Moment wieder gehen können. Denn neben der Tür hing ein Schild, auf dem in vier Sprachen, unter anderem auf Deutsch, zu lesen war: Zimmer zu vermieten.

Hier wurde Michaela ganz bestimmt nicht gefangen gehalten.

Dennoch blieb ich stehen, und als kurz darauf die Tür geöffnet wurde, sagte ich höflich: »Guten Tag, Herr Boisson.«

»Guten Tag«, antwortete mein Gegenüber mit starkem Akzent, aber ich war froh, dass er überhaupt Deutsch sprach. Auf Französisch wäre mir eine Unterhaltung sehr schwer gefallen, wenn sie nicht gar unmöglich gewesen wäre.

»Sie wollen ein Zimmer? Eines hätte ich noch frei.«

»Nein, ich komme von der Zeitschrift ›Wohnen in Europa‹ und mache eine Reportage über liebevoll gestaltete Fincas auf Mallorca. Ihre wurde mir von einem Bekannten empfohlen. Darf ich einige Fotos machen und in meinem Bericht verwenden?«

»Aber selbstverständlich«, sagte der Mann zu mir, der darin eine gute Möglichkeit sah, kostenlos für seine Pension zu werben.

Ich folgte ihm ins Haus, sah mich vom Keller bis zum Dachboden überall um, machte einige Fotos und ließ die Lebensgeschichte von Monsieur Boisson über mich ergehen. Er war ein Universitätsprofessor aus Brüssel, der sich mit fünfzig ausgebrannt gefühlt hatte und ausgestiegen war. Nun betrieb er schon seit fast zehn Jahren diese kleine Pension mit ihren sechs Gästezimmern.

Also konnte ich Adresse Nummer drei ebenso abhaken wie die ersten beiden. Nun, da es Abend wurde, wollte ich aber endlich nach Palma fahren. Doch so einfach kam ich ihm nicht davon. Er nötigte mich so lange, noch einen guten Cognac mit ihm zu trinken, bis ich schließlich nachgab. Als ich sein Haus verließ, war es schon nach acht.

Ich fuhr nach Inca zurück, von dort auf die Autobahn und donnerte unter Missachtung sämtlicher Verkehrsregeln Palma entgegen. In der Nähe der Placa Major parkte ich meinen Wagen und stürzte mich ins Gewühl der Altstadtgassen. Eine Weile sah es tatsächlich so aus, als sei Palma de Mallorca die Insel der Glückseligen. Ich fand alles, was das Herz begehrte: Bars, Bistros, Cafés und Boutiquen aller Preisklassen – aber nicht die Art von Kneipe, die ich suchte. Erst spät, ich war unterdessen mit dem Auto in die südlichen Stadtteile unterhalb des Castell de Bellver gefahren, fand ich in einer vollkommen dem Verfall preisgegebenen Gasse genau das Lokal, das ich suchte. Ich zog im Auto die Kleidungsstücke über, die ich extra für diesen Auftritt präpariert hatte, und machte nun ebenfalls einen verlotterten Eindruck, als ich die Kneipe betrat. Ich wollte schließlich nicht auffallen und wenn möglich als einer der ihren gelten. Da traf es sich gut, dass ich die letzten drei Tage nicht dazu gekommen war, mich zu rasieren.

Ich kramte die drei Brocken Spanisch zusammen, die ich

irgendwann einmal gelernt hatte, und bestellte ein großes Bier und einen Whisky.

Der Wirt, ein bärbeißig aussehender Endvierziger mit einem Stoppelkinn, sagte in ganz passablem Deutsch: »Bist neu hier, was? Gerade erst abgestiegen vom Olymp des Erfolgs, hä?«, und lachte, als hätte er einen guten Witz erzählt. »Musst dich nicht schämen. Wir hier sind alle gescheiterte Existenzen. Wenn du irgendetwas brauchst …«

»Wie, was brauchst?«

»Na, was wohl? Pillen, Hasch, Koks, alles, was du willst. Brauchst es nur zu sagen.«

Na, das ging ja besser, als ich gedacht hatte.

Darum sagte ich: »Alles, was ich brauch, ist Alk. Alk, Alk und noch mal Alk. Bier, Wein, Whisky, ganz egal; und 'ne Wumme.«

»Für was? Willst du dich umbringen?«

»Nee.«

»Für 'nen Überfall ist's auf der Insel zu riskant. Man kommt schlecht weg. Überall Wasser. Verstehst du?«

»Klar. Aber ich will ja meine Alte killen. Die hat mich zu dem gemacht, was ich heut bin. Schafft mit dem Chauffeur das Geld auf die Seite, treibt meine Firma in' n Ruin und wirft mich aus meiner eigenen Finca. Jetzt ist Schluss; jetzt räum ich auf.«

»Brauchst du Hilfe?«

»Nee. Das hab ich mir allein eingebrockt, das löffele ich jetzt auch alleine aus. Beziehungsweise meine Alte. Das ist was Persönliches.«

»Okay, ich hab da was für dich.«

Prima, der Kerl war so blöd, wie er stark war. Er hatte die haarsträubende Geschichte, die ich mir aus den Fingern gesogen hatte, einfach so geschluckt, als wäre es das Normalste auf der Welt, seiner Frau ans Leder zu wollen.

Er winkte mich hinter den Tresen, fragte: »Du kannst doch zahlen?«, und als ich grinsend sagte: »So viel konnte ich gerade noch sicherstellen«, gab er mir ein Zeichen, ihm zu folgen.

Er führte mich ins Hinterzimmer, öffnete einen Schrank, und ich staunte nicht schlecht. Da lag alles, was das Herz eines Gangsters begehrte – angefangen von einer Pistole mit Schalldämpfer bis hin zur Kalaschnikow.

»So, was brauchst du?«, riss der Bär mich aus meinen Betrachtungen.

»Eine Pistole und Munition; viel Munition.«

»Wenn du 'ne Panzerfaust brauchst, auch das ist zu machen. Wäre das Beste in deinem Fall. Ein lauter Knall, und das Anwesen mitsamt den Arschlöchern drin ist nicht mehr.«

»Was würde so was kosten?«

»Eins Komma fünf Millionen Peseten. Das sind runde achtzehntausend Mark.«

»Das ist dann doch 'ne Nummer zu groß. Außerdem will ich ihr dabei ins Gesicht sehen, wenn ich ihr die Kugel zwischen die Augen setze.«

»Ha, ha, das ist gut«, lachte der Mann, und mir wurde langsam selbst schlecht von dem Mist, den ich ihm auftischte. »Also, was brauchst du?«

»Eine Pistole, eher zwei, und hundert Schuss Munition.«

»Okay, da hab ich genau das Richtige für dich. Zwei alte Militärpistolen mit zweihundert Schuss Munition. Das ist ein Sonderangebot; nur hundertfünfzigtausend.«

»Alte Armeepistolen? Gehen die noch?«

»Aber klar, komm mit. Außerdem sind die garantiert

nicht registriert. Falls du nachher abhauen willst, ist das ein großer Vorteil für uns beide.«

Während er das sagte, führte er mich erneut durch eine Tür, und ich staunte schon wieder. Nun waren wir auf einem Schießstand. Nicht der modernste, aber immerhin.

Der Ganove bemerkte meinen erstaunten Blick und sagte stolz: »Mein Vater war im Widerstand gegen Franco. Er hat den Schießstand mit seinen Kumpels in den Fels gehauen; da weiß keiner von. Also vergiss, was du hier gesehen hast, sonst geht's dir schlecht. So, und jetzt probier. Oder weißt du am Ende gar nicht, wie's geht?«

»Doch, doch«, beeilte ich mich zu versichern, »ich hatte schon mal eine.«

Nur jetzt keinen Fehler machen, hämmerte es immerzu in meinem Gehirn. Ich nahm die Pistole, lud sie ungeschickt, vergaß bewusst das Entsichern, zielte und drückte ab.

Als sich nichts tat, sah ich den Waffenhändler fragend an und meinte unbedarft: »Wohl doch kaputt?«

Dieser lachte sofort los und sagte: »Sehr viel Erfahrung mit Waffen kannst du nicht haben; die Pistole ist noch gesichert. Wenn du die Sache so anfängst, geht's schief.«

»Oh ja«, sagte ich kleinlaut, entsicherte die Waffe, zielte erneut und schoss.

Die Waffe war erstaunlich zielgenau, wie ich gleich bemerkte. Ich verfehlte den mittleren Ring der Zielscheibe absichtlich um gut und gern fünfzehn Zentimeter. Dennoch hatte ich den Waffenhändler beeindruckt.

»Gar nicht mal schlecht für den Anfang«, sagte er. »Musst noch ein bisschen üben gehen. Geh rauf in die Berge, da knallt's immer mal. So fällst du nicht auf.«

»Ja, ist wohl das Beste«, sagte ich und fragte: »Wie viel sollen die kosten? Hundertzwanzigtausend?«

»Eigentlich hundertfünfzig. Aber weil du so ein netter Kerl bist, geht's auch für hundertfünfunddreißigtausend.«

»Okay, die nehm ich«, sagte ich und dachte: Du altes Schlitzohr, auch das ist noch genug.

Ich zahlte, ging in die Wirtsstube zurück, trank mein Bier aus und verließ danach schnell die Spelunke. Es war alles gut gegangen, trotzdem war ich nassgeschwitzt. Denn so blöde die Kerle in der Kneipe auch waren, einen Polizisten erkannten die normalerweise im Halbschlaf. Also hatte ich meine Rolle gut gespielt, obwohl mir ein kleiner Fehler unterlaufen war. Ich hätte mich beinahe als Polizist geoutet, als ich davon sprach, dass ich das Geld sichergestellt hätte. Glücklicherweise war Deutsch nicht die Muttersprache meines Geschäftspartners. Obwohl er es erstaunlich gut beherrschte.

Wenige Minuten später war ich wieder an meinem Auto angekommen und fuhr auf dem schnellsten Weg nach Cala Bona zurück. Die Uhr am Armaturenbrett zeigte immerhin schon fast zwei Uhr an. Gegen drei kam ich an, legte mich hin und fiel sofort in einen tiefen, traumlosen Schlaf.

Um Punkt neun Uhr erwachte ich. Jetzt bricht, dachte ich beim Aufstehen, schon mein fünfter Tag auf Mallorca an, und ich habe noch nicht den geringsten Fortschritt zu verzeichnen; so kann das nicht weitergehen.

Mein Frühstück schlang ich in gut fünf Minuten hinunter und fuhr gegen zehn los.

Um es kurz zu machen: Bis um drei Uhr hatte ich eine Adresse in Cala Ratjada, eine in Arta, zwei in Pollença, eine in Alcúdia und drei in Sóller überprüft – eine Fehlanzeige nach der anderen. Dann kam Valldemossa dran. Ich hatte mich dem riesigen Grundstück, das von Mauern und Wachtürmen gesäumt wurde und etwa zwei Kilometer oberhalb der Stadt lag, noch nicht einmal bis auf hundert Meter genähert, da bauten sich oben auf den Wachtürmen schwarz vermummte Gestalten auf. Gewiss, ich hatte die Schilder etwa dreihundert Meter vor dem Anwesen, dort, wo die asphaltierte Straße aufhörte, großzügig übersehen. Aber um mir klarzumachen, dass hier Privatgelände war, wäre es doch wirklich nicht nötig gewesen, so martialisch aufzutreten. Über Megafon forderte man mich auf, anzuhalten und im Wagen sitzen zu bleiben. Es kämen gleich Leute zu mir, ihnen sollte ich meinen Ausweis vorzeigen. Das war aber gar nicht in meinem Sinne, und ich fasste diese Aufforderung als Frechheit mir gegenüber auf. Ich verminderte zwar die Geschwindigkeit meines Autos, fuhr aber weiter auf das Eingangstor zu.

In diesem Moment kam ein schwarzer Wagen mit dunkel getönten Scheiben aus der Einfahrt, und einer der Männer auf dem Wachturm eröffnete das Feuer auf mich. Das heißt, man wollte vermutlich die Reifen meines Autos treffen, denn ich hörte im gleichen Moment das Glas des linken vorderen Scheinwerfers splittern. Da war mir klar, dass ich hier nichts ausrichten konnte. Mit einem kühnen Schwung wendete ich den Golf auf der schmalen Schotterpiste und gab Vollgas. Der andere Wagen schoss ebenfalls los und kam schnell näher. Im Fahren drehte ich mich um und schickte drei ungezielte Schüsse in Richtung meiner Verfolger, die jedoch nichts ausrichteten, denn deren Wagen war gepanzert. Aber im nächsten Augenblick sah ich, dass sie dennoch etwas bewirkt hatten. Der Fahrer der Limousine hatte auf dem schmalen Zufahrtsweg vor Schreck das Steuer minimal verrissen und war zu weit aufs Bankett geraten. Mit dem Erfolg, dass der Wagen meiner Verfolger in den ziemlich tiefen Graben neben dem Weg rutschte und auf der Seite liegen blieb. Bis die Insassen sich aus dem Auto geschält hatten, war ich bereits in Valldemossa angekommen. Ich verließ diesen ungastlichen Ort auf dem schnellsten Wege und machte erst in Palmanyola, an der Hauptstraße von Palma nach Sóller, in einer kleinen Kneipe am Straßenrand Rast. Dort bestellte ich mir zur Beruhigung einen Tee und anschließend ein Bier. Dabei dachte ich über das gerade Erlebte nach. Es war mir fast klar, dass Hassan El Balam, auch wenn er über keine guten Manieren verfügte, im Grunde nicht der Gesuchte sein konnte.

Deshalb verwarf ich den Gedanken auch wieder, zu Kommissar Hernandez zu fahren und ihm meine Erlebnisse zu schildern. So offensichtlich aggressiv ging nur jemand vor, der sich entweder im Recht fühlte oder große Angst hatte. Beides passte nicht so recht zu meinen Vorstellungen von den Entführern meiner Frau. Ja, hätten sie erst meine Identität überprüft und wären dann aggressiv geworden …

Nun, was nutzten mir all diese Grübeleien, ich hatte immer noch neunzehn Adressen auf meiner Liste, und einige davon waren durchaus vielversprechend. So auch die nächste. Sie befand sich nicht einmal zwölf Kilometer von meinem Standpunkt entfernt in Santa Maria del Camí. Abwechselnd von Bier beflügelt und von wachsender Hoffnungslosigkeit erfasst, setzte ich mich ins Auto und fuhr los. Ich fand das, oh Schreck, schon wieder hinter hohen Mauern versteckte Haus gleich am Anfang des Ortes. Da es schon langsam Abend wurde und ich den tiefen Stand der Sonne ausnutzen wollte, ließ ich mein Auto in einiger Entfernung zu der repräsentativen Villa stehen. Ich schlich mich im Schutz der hier reichlich wachsenden Bäume und Sträucher näher an das Eingangstor heran und sah im gleichen Moment die kleine Pforte an der seitlichen Begrenzungsmauer des Grundstücks.

Da musste ich rein. Zu denken und handeln war eine Sache von Sekundenbruchteilen. Ich schnellte hoch, lief geduckt bis zu der kleinen Tür und stieß sie mit einem kräftigen Ruck, der die vom Rost angenagten Angeln erbeben ließ, weit auf. Kurz darauf fand ich mich in einem Garten wieder, der seinesgleichen suchte. Hier musste ein vermögender Mann wohnen. Überall plätscherten Brunnen, spendeten dicht belaubte Bäume Schatten, der englische Rasen war perfekt getrimmt und von üppigem Grün. Der Besitzer ließ sich die Pflege dieses Gartens offenbar ein Vermögen kosten. Vorsichtig von Baum zu Baum pirschend, arbeitete ich mich ans Haus heran, und gerade als ich einen Blick durch eines der Fenster im Erdgeschoss werfen wollte, packten mich zwei kräftige Männer und drehten mir die Arme auf den Rücken. Ein Dritter stand daneben und telefonierte mit der Polizei. Einer der beiden, die mich festgesetzt hatten, entwaffnete mich, und in diesem Moment war ich froh, dass ich die zweite Pistole und drei Munitionsschachteln im Auto gelassen hatte.

Kurz darauf führten mich die beiden Männer, die sich mir gegenüber korrekt benahmen, in einen Salon. Hier erwartete mich ein älterer Mann, der mir bekannt vorkam.

Er fragte mich scharf: »Was machen Sie hier auf meinem Grundstück?«

Im ersten Moment fiel mir gar nicht auf, dass er mich auf Deutsch angesprochen hatte, und ich sah ihn irritiert an.

Doch dann sagte ich: »Mein Name ist Peter Stettner, ich bin Polizist und hier auf Mallorca, weil ich auf der Suche nach einer entführten Person bin.«

»Hier in meinem Garten?«

»Das weiß ich nicht, aber es wäre immerhin möglich.«

»Das glaube ich wohl kaum. Ich weiß nicht, ob Sie mich erkennen, aber ich bin Javier Moreno. Ich bin Abgeordneter im Europaparlament.«

»Oh, habe ich mich in der Hausnummer geirrt? Wohnt hier nicht Henry Bennett?«

»Doch, das ist mein Neffe. Er ist achtzehn Jahre alt und lebte bis vor wenigen Monaten bei seiner verwitweten Mutter in Großbritannien. Ich hoffe, damit sind alle Ihre Fragen beantwortet. Oder gibt es sonst noch etwas?«

»Nein«, antwortete ich kleinlaut.

Dann sagte der Abgeordnete etwas, das mich staunen und wieder etwas mehr an die Weitsicht von Politikern glauben ließ: »Sollte sich Ihre Identität als die herausstellen, die Sie angegeben haben, werde ich, auch wenn es mir Unbehagen bereitet, um diplomatische Spannungen zu vermeiden, über diesen Zwischenfall hinwegsehen. Kommissar Hernandez, ein fähiger Beamter der hiesigen Kriminalpolizei, wird in Kürze hier sein. Er wird Sie dann übernehmen; setzen Sie sich doch.«

Ich fügte mich, da diese Entwicklung ohnehin nicht mehr aufzuhalten war, in mein Schicksal und machte es mir in einem der üppig gepolsterten Sessel bequem. Es dauerte auch nicht mehr lange, bis Hernandez erschien.

Als er mich erblickte, schlug er die Hände vors Gesicht und meinte gottergeben: »Ich hätte es mir denken können. Schon wieder Sie, Herr Stettner.«

»Heißt der Mann tatsächlich so, und ist er wirklich Polizist in Deutschland?«, fragte Moreno.

»Ja, aber …«

»Dann betrachten Sie dieses Eindringen bitte als nicht geschehen. Wenn Sie es weiterverfolgen, könnte das zu diplomatischen Verwicklungen führen.«

»So einfach ist das leider nicht, aber ich werde sehen, was ich tun kann«, sagte Hernandez zu dem Abgeordneten und wandte sich dann an mich: »Herr Stettner, ich muss Sie, da Sie sich hier illegal eine Waffe besorgt haben, festnehmen und selbstverständlich Ihre Dienststelle benachrichtigen. Kommen Sie mit mir.«

Dann ließ Hernandez sich die Waffe aushändigen, die mir die Bodyguards abgenommen hatten, und ich folgte dem Kommissar hinaus.

»Ihr Wagen kann hier stehen bleiben; Sie fahren mit mir«, fuhr mich der Beamte draußen bedeutend schärfer an, als ich es erwartet hatte.

Verwundert stieg ich in seinen alten Geländewagen, und kaum waren wir losgefahren, fragte ich ihn: »Kollege, was soll denn das?«

»Was das soll?«, brüllte Hernandez unvermittelt. »Das kann ich Ihnen ganz genau erklären. Sie produzieren hier für uns Unannehmlichkeiten am laufenden Band. Die Sache mit Hassan El Balam, das waren doch auch Sie, oder?«

»Ja.«

»Wissen Sie überhaupt, wer der Mann ist?«

»Nein«, sagte ich kleinlaut.

»Das merkt man. Scheich Hassan El Balam war der Staatschef eines mit Spanien befreundeten Scheichtums. Radikale Islamisten haben ihn, der immer viel für den westlichen Lebensstil übrig hatte, gestürzt und die Macht im Staat übernommen. Er hat in Spanien politisches Asyl bekommen und lebt hier in Angst, denn die neuen Machthaber wissen um den Rückhalt in seinem Volk und haben damit gedroht, seine ganze Familie auszulöschen. Jetzt wissen Sie, warum die gleich auf Sie geschossen haben. Das war weiß Gott auch nicht korrekt; wir sind hier schließlich in Spanien und nicht irgendwo in der Wüste. Aber es entschuldigt Ihr Vorgehen in keiner Weise. Seien Sie froh, dass ich mich bei denen dumm gestellt habe. Die Pistole werde ich natürlich beschlagnahmen. Und die Munition auch. Also los, her damit.«

Ich gab dem Polizeibeamten die eine Munitionsschachtel, die ich eingesteckt hatte, und versuchte dabei möglichst zerknirscht auszusehen.

Dann sagte ich: »Kann ich Sie etwas milder stimmen, wenn ich Ihnen verrate, wo ich die Waffe gekauft habe?«

»Das wäre schon mal ein Anfang.«

»Es war in einer üblen Spelunke unterhalb des Castell de Bellver«, begann ich und erzählte dem Kommissar die ganze Geschichte und alles, was ich wusste, angefangen von der Adresse bis hin zum Schießstand.

Als ich geendet hatte, sagte Hernandez: »Das ist prima. Sehr wertvolle Hinweise.«

Die milde Stimmung des Kommissars ausnutzend, fragte ich: »Kollege, ist das mit der Meldung nach Deutschland denn wirklich notwendig?«

»Ich weiß zwar nicht, warum ich das tue, aber wenn Sie mir versprechen, nichts mehr auf eigene Faust zu unternehmen, lasse ich die Sache im Sande verlaufen. Ich wäre zwar begeistert, wenn Sie Mallorca umgehend verlassen würden, aber wenn Sie sich aus unseren Ermittlungen raushalten, können Sie meinetwegen hier bleiben.«

Aus welchen Ermittlungen denn?, dachte ich, da sprach der Kommissar auch schon weiter: »Dass es nicht Ihre Freundin war, die in dem Auto saß, wussten wir schon längst. Wahrscheinlich ist sie sogar noch am Leben. Die Geschichte mit dem Blut war eine Notlüge, weil ich nicht wollte, dass Sie auf eigene Faust Ermittlungen aufnehmen.

Was offensichtlich nicht viel genutzt hat. Aber das Feuerzeug, dass Sie gefunden haben, gehört höchstwahrscheinlich nicht zu den Beweismitteln. Das hat einer der letzten Mieter des Autos, der deutsche Geschäftsmann Horst Barmstedt, ein absolut unbescholtener Mann, verloren. Dieser Mann besitzt auf den Balearen einige Kunstgewerbeläden und engagiert sich stark für den Umweltschutz auf unserer Insel.«

In mir klingelten sämtliche Alarmglocken. Horst Barmstedt, dieser Name stand auch auf meiner Liste. Und zwar als einer der nächsten. Er war im Gegensatz zu fast allen anderen Personen mit mehreren Besitztümern und auch Telefonanschlüssen verzeichnet.

Wer weiß, wie viele er noch über Strohmänner unterhielt, dachte ich. Dieser raffinierte Hund zeigte sich als Wohltäter und streute damit den Mallorquinern Sand in die Augen. Selbst Kommissar Hernandez, der in meiner Achtung inzwischen deutlich gestiegen war, schien ihm gegenüber vollkommen arglos zu sein. Trotzdem sagte ich nichts von meinen Vermutungen über Barmstedt, denn im Grunde, so fand ich, war das eine Sache zwischen dem Entführer und mir.

»Kann ich gehen?«, fragte ich stattdessen.

»Na ja, ich bringe Sie noch zu Ihrem Wagen. Fahren Sie bitte in Ihr Hotel und gehen Sie schlafen. Ziehen Sie auch nicht mehr auf eigene Faust los, Sie sehen ja, was dabei herauskommt. Ich melde mich morgen bei Ihnen, und dann sehen wir, wie ich Sie in die Ermittlungen einbinden kann.«

»Okay, mach ich«, sagte ich demütig und auch ein bisschen erstaunt, bedankte mich noch einmal bei Hernandez und stieg aus.

Der Kommissar beobachtete mich, bis ich in meinen Wagen gestiegen und losgefahren war. Erst dann fuhr auch er. Ich kehrte tatsächlich nach Cala Bona in mein Hotel zurück und legte mich nach einem Schlummertrunk an der Bar ins Bett. Zum einen war mein Bedarf an Aufregung für diesen Tag vollkommen gedeckt, und zum anderen war es schon fast Mitternacht. Den nächsten Tag wollte ich dazu benutzen, darüber nachzudenken, wie ich an diesen Horst Barmstedt herankommen könnte. Auf Kommissaar Juan Hernandez wollte ich mich in dieser Beziehung nicht verlassen.

Aber wie so oft, kam alles mal wieder ganz anders. Am nächsten Morgen, ich hatte gerade gefrühstückt und schlenderte, um nachzudenken, über die noch ruhige Promenade, da sah ich den weißen BMW in einer Seitenstraße des Hotels stehen.

»Na, so was«, murmelte ich und stellte mich so hinter einen Baum, dass ich zwar das Auto sehen konnte, aber man mich von dort aus nicht sah. Tatsächlich stieg einer der beiden Schläger, mit denen ich auf so schmerzhafte Weise Bekanntschaft gemacht hatte, aus dem Auto und betrat mein Hotel. Der Fahrer war im Wagen geblieben. Im Eilschritt lief ich einmal um den Block herum und stand nun am anderen Ende der Gasse. Ich hatte Glück, denn wie ich durch die Frontscheibe des Wagens erkannte, war der Fahrer nicht der mir bekannte Ganove. Das hieß, er kannte mich vermutlich auch nicht. So konnte ich wie ein beliebiger Urlauber am Auto vorbeischlendern und ins Hotel gehen, ohne Aufmerksamkeit zu erregen. Aber als ich in Höhe des vollverglasten Hotelfoyers ankam, sah ich, dass der Schläger lässig an den Tresen gelehnt dastand und mit dem Portier plauderte. Sie schienen sehr vertraut miteinander zu sein. Das konnte eigentlich nur bedeuten, dass der

Portier mit in der Sache steckte. Ich änderte meine Pläne, ging weiter zu meinem Auto und setzte mich hinein.

Dabei knurrte ich: »Wartet nur, dieses Mal entkommt ihr mir nicht.«

Glücklicherweise stand mein Golf in der gleichen Fahrtrichtung wie der BMW, und ich brauchte nicht erst zu wenden, als der Wagen nur wenige Minuten später an mir vorbeifuhr. Die beiden rasten mit aberwitziger Geschwindigkeit über die meist kleinen Inselstraßen, und ich hatte Mühe, ihnen zu folgen, ohne aufzufallen. Wir fuhren über Son Carrió nach Manacor und mitten durch die Ebene nach Sa Pobla. Am Stadtrand hielten die beiden vor einer neu erbauten, supermodernen Villa, und ich glaubte mich zu erinnern, dass diese Adresse auf meiner Liste als Hauptwohnsitz von Horst Barmstedt verzeichnet war.

Die beiden Typen stiegen aus, gingen auf das schwere Eichenportal der Villa zu und klingelten. Von meinem Beobachtungsposten aus etwa fünfzig Metern Entfernung sah ich, wie ein äußerst elegant gekleideter Mann in den Fünfzigern, den ich für Horst Barmstedt hielt, öffnete. Als er die beiden Gestalten erblickt hatte, die hier in dieser Gegend wie ein Fremdkörper wirkten, begann er sie anzuschreien – so laut, dass ich es bis zu meinem Auto hörte. Er brauchte keine Angst zu haben, dass jemand etwas mitbekam, denn die Straße lag wie ausgestorben da, und die nächsten Häuser waren fast noch weiter entfernt als ich. Aber selbst ich mit meinem geschulten Gehör verstand kaum etwas. Ich glaubte nur die Worte »verrückt«, »hierher« und »kommen« herauszuhören.

Die beiden Ganoven wichen erschrocken ein Stück zurück, verabschiedeten sich schnell von ihrem Boss und trabten zum Auto. Und weiter ging die Inselrundfahrt.

Über Inca ging es hinauf ins Gebirge, und am Kloster Lluc bogen wir auf die Höhenstraße ab. Wir fuhren unterhalb des Puig Major am Stausee Gorg Blau vorbei und kamen kurz darauf im Dörfchen Fornalutx an. Einige Jahre später erfuhr ich, dass es als das schönste Dorf Mallorcas galt. An diesem Tag allerdings hatte ich wahrlich anderes im Kopf, als auf die Schönheiten der Insel zu achten. Am Rande des Dorfes hielten die Ganoven vor einem verfallenen Haus an, das im Grunde kaum mehr als ein Schuppen war. Ich parkte in einiger Entfernung am Straßenrand ein und beobachtete, wie sie durch das mannshohe, aber schief in den Angeln hängende Hoftor rückwärts hineinfuhren. Ich hätte zu gern gesehen, was drinnen vor sich ging, aber dank der Mauer, die das Grundstück umgab, war mir der Blick versperrt. Die Zeit verstrich, und ich fragte mich, ob ich nicht einfach zum Haus hinschlendern sollte, um hineinzusehen. Ich ließ es bleiben, weil ich im hellen Tageslicht einfach zu leicht zu entdecken gewesen wäre. Trotzdem fragte ich mich nach einiger Zeit, in der sich rein gar nichts tat, ob die beiden mich bemerkt hatten und einfach durch die Hintertür entwischt waren. Inzwischen stand die Sonne fast im Zenit, und ich schwitzte im Inneren meines Autos erbärmlich. Dennoch traute ich mich nicht auszusteigen, um nicht aufzufallen.

Nur wenige Minuten später kam mir zur Hilfe, dass ich abfahrtbereit hinterm Steuer saß, denn aus der Toröffnung kam ein Peugeot Pick-up geschossen und nahm schnell Fahrt auf. Hinten auf seiner Ladefläche konnte ich deutlich eine große Holzkiste erkennen. Es dauerte einige Sekunden, bis ich begriff, dass sie das Auto gewechselt hatten, und ich entschloss mich, ihnen zu folgen. Bis ich mich aus meiner engen Parklücke befreit und mit quietschenden Reifen gewendet hatte, verstrich wertvolle Zeit, und der Peugeot war schon fast an der Hauptstraße angekommen. Bei meinem Wendemanöver brachte ich einen Bauern mit seinem Treckergespann in Bedrängnis, und der Mann schickte mir wilde Flüche hinterher. Aber auf derlei Dinge konnte ich jetzt keine Rücksicht nehmen. Mir war klar, dass ich den Transporter keinesfalls aus den Augen verlieren durfte. Instinktiv ahnte ich, dass es um Leben und Tod ging. Ich trat das Gaspedal meines Wagens bis zum Anschlag durch und brauste mit gut und gern achtzig Sachen durchs Dorf.

Panik erfasste mich. Hatte ich den Lieferwagen verloren? Ich gab noch mehr Gas und überholte am Ortsausgang einen leichten LKW, da sah ich den Pick-up wieder. Etwa fünfhundert Meter vor mir kam die Einmündung auf die C 710, und die Gangster konnten wegen des Querverkehrs nicht auf die Hauptstraße einbiegen. Ich verringerte sofort die Geschwindigkeit, damit sie mich nicht entdeckten, und zog das Tempo wieder an, als sie sich einfädeln konnten.

Dieses Mal hatte ich Glück. Nur zwei Autos hinter den Ganoven konnte ich mich in den fließenden Verkehr quetschen, was mir mal wieder das empörte Hupen meines Hintermannes einbrachte. Dafür konnte ich Sichtkontakt halten. Zu meinem Erstaunen fuhren sie den Weg, den wir nur eine Stunde zuvor gekommen waren, wieder zurück, nur dass wir dieses Mal nicht am Kloster nach Inca abbogen, sondern geradeaus weiter nach Port de Pollença direkt zum Jachthafen fuhren. Vor einer riesigen, gut und gern dreißig Meter langen Jacht hielten sie an und begannen, die Kiste an Bord zu schleppen. In mir kam ein schrecklicher Verdacht auf. Hier ging es um internationalen Frauenhandel, und meine Michaela lag in dieser Kiste.

Oben angekommen, ließen die beiden Männer die Kiste

fallen, und der Deckel sprang auf. Ich sah für den Bruchteil einer Sekunde einen Frauenarm und ahnte, nein ich wusste, dass es Michaelas Arm war. Nun ließ ich alle Vorsichtsmaßregeln außer Acht, riss die zweite Pistole aus dem Handschuhfach und stürmte los. Zugegeben, es war nicht gerade klug, was ich tat, aber es war höchste Zeit zu handeln. Denn gerade als ich den Laufsteg hinaufstürmte, wurden die Maschinen der Jacht gestartet, und die Crew traf Vorbereitungen, um abzulegen.

Ich war noch nicht ganz oben, da stellte sich mir einer der beiden Schläger in den Weg und zielte auf mich. Noch bevor er abdrücken konnte, hatte ich dem Mann die Pistole aus der Hand geschossen. Mit einem Schmerzensschrei umklammerte er sein Handgelenk, das selbstverständlich nicht ohne Blessuren davongekommen war. Die Waffe war über Bord gegangen. Der zweite Träger, der so gar nicht nach Gangster aussah, kam überhaupt nicht auf die Idee, Gegenwehr zu leisten, er ergab sich sofort. Ich stieß ihn kurzerhand zur Seite, sodass er der Pistole seines Kumpanen folgte und ebenfalls ein Bad nahm. Nun rannte ich weiter der Steuerbrücke entgegen. Der Steuermann wollte gerade den Gashebel auf halbe Kraft zurückstellen, um von der Kaimauer abzulegen. Ohne lange nachzudenken, schoss ich auf seine Hand, wobei ich auch das Steuerpult traf, sodass er von seinem Vorhaben Abstand nahm, nur noch mit schmerzverzerrtem Gesicht seine Hand hielt und entgeistert auf die kleine Rauchwolke starrte, die aus der Steuerelektronik quoll. In diesem Moment sah ich hinter mir einen weißen Schatten auftauchen, fuhr im Reflex blitzschnell herum und feuerte sofort. Da ging der Kapitän des Schiffes mit einem erbärmlichen Schmerzensschrei zu Boden. Ich hatte ihm ins Knie geschossen.

Im nächsten Augenblick überschlugen sich die Ereignisse. Von überall her kamen die Besatzungsmitglieder auf die Brücke gerannt, und da ich mich einer Übermacht von vielleicht acht schwer bewaffneten Leuten gegenübersah, ergab ich mich. Ich war gefangen. Ihr Anführer, vermutlich der zweite Steuermann, schlug mir mit einem Gewehrkolben derart derb ins Gesicht, dass ich nur noch Sterne sah.

Er bellte mir unverständliche Worte entgegen und drückte mir den Gewehrlauf in den Bauch. In diesem Augenblick hörte ich die Stimme von Kommissar Hernandez, der mit einer Hundertschaft Polizisten und einem Megafon am Kai stand. »Hier spricht die Polizei, Sie sind umstellt. Geben Sie auf, Widerstand oder Flucht hat keinen Zweck. Die Hafeneinfahrt wird soeben versperrt.«

Kurz darauf stürmten die Polizisten die Jacht. Ich muss zugeben, dass ich zum ersten Mal, seit ich Hernandez kannte, richtig froh war, ihn zu sehen. Aber wenige Minuten später begann er schon wieder damit, sich unbeliebt zu machen.

Denn noch bevor die Beamten die Crew festnahmen, kam er zu mir und sagte: »Mensch, Stettner, das gibt einen Skandal. Die Presse wird Sie zerreißen. Hätten Sie auf mich gehört und wären in Cala Bona geblieben! Ich war doch seit Monaten an Barmstedt dran.«

»Warum haben Sie mir das nicht gesagt?«

»Hier ist Spanien und nicht Deutschland. Wir lösen unsere Fälle immer noch selbst.«

Es juckte mich in der Hand, Hernandez seine selbstgerechte Fresse zu polieren, aber ich beherrschte mich und ging stattdessen in die Knie, um Michaela an mich zu drücken. Denn sie war es tatsächlich, die in dieser Kiste lag. Sie bekam davon nicht allzu viel mit, denn man hatte sie, wie sich bald herausstellte, mit Drogen vollgepumpt, um ihren Willen zu brechen.

Doch kurz bevor sie das Bewusstsein verlor, lächelte sie mich an und sagte: »Peter.«

»Kommissar Hernandez, wir brauchen einen Krankenwagen!«, rief ich dem Polizisten zu, der sich inzwischen mit der Festnahme der Gangsterbande beschäftigte.

Aber unvermittelt drehte er sich zu mir um und sagte: »Als Erstes brauche ich Handschellen, um Sie festzunehmen, ins Präsidium zu bringen und dort Ihre Abschiebung als unerwünschte Person in die Wege zu leiten. Ihre Frau wird, sobald sie einigermaßen reisefähig ist, nach Deutschland zurückgebracht. Abführen.«

Er hatte seinen letzten Satz noch nicht richtig beendet, da lösten sich zwei Polizisten aus der Menge, kamen zu mir herüber, und schon klickten die Handschellen um meine Handgelenke. Ich wurde von ihnen in den Mannschaftswagen verfrachtet, der mich direkt nach Palma ins Präsidium brachte.

Ich wurde einem Richter vorgeführt, der mich zur unerwünschten Person erklärte, ein fünfjähriges Wiedereinreiseverbot nach Spanien verhängte und mich mit einer Polizeieskorte zum Flughafen bringen ließ. Zwei Stunden später war ich bereits …

12.

Ein lautes Gähnen unterbrach Peter in seiner Erzählung, und als er auf die Uhr sah, war es schon fast sechs Uhr früh. Draußen war es schon hell, und die Vögel zwitscherten um die Wette, um einen schönen, sonnigen Frühsommertag zu begrüßen.

Stefan und Verena hingen völlig erschöpft in ihren Sesseln, aber es wäre ihnen nicht im Traum eingefallen, deshalb auf den Rest der Geschichte zu verzichten.

»Wartet, ich koche Kaffee, dann erzähle ich euch auch noch den Schluss. Schließlich ist heute Sonntag, und wir haben hinterher genug Zeit zum Ausschlafen.«

Dieses Angebot ließen sich die zwei nicht entgehen. Ganz im Gegenteil. Während Peter damit beschäftigt war, Kaffee zu kochen, deckte Verena den Frühstückstisch, und Stefan buk in seiner Wohnung die Brötchen auf, die er vor einigen Tagen gekauft hatte. Als Peter mit dem Kaffee ins Wohnzimmer zurückkam, staunte er, denn damit hatte er nicht gerechnet.

Nur noch halb so müde wie vorher, setzten sich die drei an den Tisch, schlugen kräftig zu, und als sie alles vertilgt hatten, nahm Peter den Faden wieder auf: »Als ich nach Deutschland zurückkam, ging der Ärger erst richtig los. Hassan El Balam und der spanische Europaabgeordnete hatten zwar dichtgehalten, aber die Jacht, die ich gestürmt hatte, gehörte einem Abgeordneten der mallorquinischen Bezirksregierung. Das war der Mann in Kapitänsuniform gewesen, dem ich das Knie zerschossen hatte. Stellt euch mal folgende Schlagzeile vor: Deutscher Polizeibeamter ohne Ermittlungsauftrag schießt mit illegal erworbener Waffe zwei Besatzungsmitglieder und den Schiffseigner, einen Diplomaten, nieder. Dass dieser Diplomat einer international operierenden Gangsterbande angehörte, interessierte niemanden. Auch dass es nur meinem beherzten Eingreifen zu verdanken war, dass das Schiff nicht unbehelligt auslaufen konnte, wurde nirgends erwähnt.«

»Oh je, da wirst du aber ganz schön was zu hören bekommen haben.«

»Das kannst du laut sagen, Stefan. Ich bekam ein Disziplinarverfahren an den Hals, bei dem es darum ging, ob ich für den Polizeidienst noch tragbar bin. Einige Herren ganz oben hatten mich schon länger auf der Abschussliste und witterten Morgenluft.«

»Wie kam es dann, Onkel Peter, dass du doch nicht ganz ausscheiden musstest?«

»Das hatte ich ganz meinem Vorgesetzten zu verdanken, der mich schon zur Kripo geholt hatte. Er setzte sich so vehement für mich ein, dass er selbst in den Verdacht geriet, von meiner Aktion gewusst zu haben. Seinem Einsatz habe ich es zu verdanken, dass ich lediglich zur Schutzpolizei zurückversetzt wurde. Darüber hinaus bekam ich einen Beförderungsstopp auf Lebenszeit verpasst, wurde aber als stellvertretender Leiter der Polizeistation Frankfurt-Harheim eingesetzt, die es damals noch gab. Ein toteres Gleis als dieses kleine Dorf, das noch nicht allzu lange nach Frankfurt eingemeindet war, gab es nicht. Mein Chef bei der OK sagte mir damals, dass der Beamte ganz oben, der mir das eingebrockt hatte, bald in Rente gehen würde. Da auch er nicht ganz ohne Einfluss wäre, würde er dann sehen, was er für mich tun könnte.«

»War wohl auch nur gelogen, oder warum hat das nicht geklappt?«

»Oh nein, Stefan. Auf Werner Kerschbaum lasse ich nichts kommen. Er war immer korrekt und anständig zu mir. Aber seine Abteilung litt schon seit Jahren unter chronischer Personalnot, sodass er oftmals mit zu den Einsätzen rausmusste. Bei einem dieser Einsätze, etwa zwei Jahre später, wurde er so schwer verletzt, dass er in den vorzeitigen Ruhestand gehen musste. Ihm musste der größte Teil des linken Beines amputiert werden. Wir sind heute noch befreundet.«

»Oh, das wusste ich nicht.«

»Konntest du ja nicht. Aber du wirst ihn sicher irgendwann kennenlernen. Ganz besonders dann, wenn du dich entscheiden solltest, Detektiv zu werden. Er wohnt in Schmitten, und ich besuche ihn regelmäßig. Er hat mich übrigens schon vor mehr als einem Jahr auf die Idee mit der Detektivagentur gebracht. So, aber jetzt zu unserem ursprünglichen Thema zurück. Wolltet ihr noch etwas wissen?«

»Ja, noch eine ganze Menge«, erklärte Verena und fragte dann: »Michaela kam dann auch bald aus Spanien zurück?«

»Ja, drei Wochen nach mir. Erst wurde sie in der Klinik von Palma wieder aufgepäppelt. Glücklicherweise bekam Michaela nicht allzu viel von dem Rummel um meine Person mit, da sie sich schon drei Tage nach ihrer Rückkehr in eine stationäre Therapie begab. Sie hatte einen schweren Schock erlitten und war völlig aus der Bahn geworfen.«

»Wie sind die Gangster überhaupt auf Michaela gekommen?«

»Stefan, das wusste auch ich lange Zeit nicht. Aber in diesem Zusammenhang muss ich Kommissar Hernandez loben. Er war sehr fair. Als die Untersuchungen abgeschlossen waren, meldete er sich bei mir und hat mir nicht nur die Zusammenhänge erklärt, sondern auch zugegeben, dass seine Leute wahrscheinlich zu spät gekommen wären, um die Jacht noch im Hafen zu stellen. Wer weiß, was passiert wäre, wenn sie es geschafft hätten, die spanischen Hoheitsgewässer zu verlassen. Hernandez sagte zu mir, dass er als Privatmann viel Verständnis für mich aufbringen könne, aber dass ich mich wie ein Elefant im Porzellanladen aufgeführt hätte. Das konnte er als spanischer Polizeibeamter nicht durchgehen lassen. Das sah ich ja ein, und darum erklärte er mir alles. Horst Barmstedt war der Kopf eines sehr exklusiven Mädchenhändlerringes. Sie operierten weltweit und in alle Richtungen. Ganz egal, ob ein deutscher Geschäftsmann eine fünfzehnjährige Thailänderin als Sklavin halten wollte oder ein arabischer Scheich eine blonde deutsche Frau für seinen Harem begehrte; er besorgte alles. Auch Kinder, wie sich später herausstellte. Die junge Frau, die dort in den Bergen von Mallorca im Auto verbrannt ist, hatte auf geradezu erschreckende Weise Ähnlichkeit mit Michaela, und genau das wurde meiner Freundin zum Verhängnis. Denn die Frau war eine solche Bestellung eines Scheichs, der eine Europäerin, am besten eine Deutsche, in seinem Harem haben wollte. Die europäischen Opfer fand Barmstedt an seinem Stammsitz auf Mallorca. Meist alleinstehende junge Mädchen, die allein reisten und keine Angehörigen hatten. Barmstedt hatte ungefähr dreißig Mitarbeiter, darunter auch einige Hotelportiers. Deren

Aufgabe war es, nach ›Frischfleisch‹ Ausschau zu halten und den Schlägern Bescheid zu geben. Die waren dann fürs Grobe wie zum Beispiel die Entführungen zuständig. Sein Kurierdienst war ganz exklusiv. Der mallorquinische Parlamentsabgeordnete, dem die Jacht gehörte, und seine Crew besorgten den Transport. Dank seiner politischen Immunität wurde das Schiff nie kontrolliert. Damals, Ende der Achtziger, konnte Barmstedt noch auf eigene Rechnung arbeiten; das war mein Glück. Aber heutzutage, wo die organisierte Kriminalität und die weltweit vorhandenen mafiosen Strukturen immer dichter vernetzt werden, hätte ich vermutlich keine Chance mehr, einen solchen Sumpf trockenzulegen. Selbst Horst Barmstedt wäre kaum mehr der Kopf einer so kleinen Organisation. Bestenfalls wäre er eine Hand der internationalen Mafia, die sich als Kopf tarnt. Wahrscheinlicher wäre aber, dass man ihn als Konkurrenten einfach eliminieren würde.«

»Da denkt man besser erst gar nicht drüber nach«, meinte Verena schockiert und fragte dann: »Aber wie haben diese Gangster Michaela geschnappt?«

»Diese andere Frau war schon seit Tagen ›Gast‹ der Gangster, als sie mit einem Wagen, der auf dem Hof vor ihrem Gefängnis stand, fliehen konnte. Die Gangster nahmen die Verfolgung auf, in ihrer Panik verlor die Frau die Gewalt über das Steuer und stürzte in den Abgrund. Vermutlich war sie sofort tot. Jetzt waren die Gangster in Zugzwang. Sie hatten schon eine fürstliche Anzahlung bekommen, sollten termingerecht liefern, aber ihre Ware war weg. Also brauchten sie schnellstens Ersatz. Alle Spitzel wurden alarmiert, und der Portier in unserem Hotel, der auch zur Bande gehörte, machte die Meldung, dass eine allein reisende Frau im gewünschten Alter mit der passenden

Haarfarbe, Gewicht, Größe und so weiter bei ihm abgestiegen war. Deshalb fuhren die Schläger nach Cala Bona, entführten Michaela und arrangierten es so, dass man bei etwas schlampiger Ermittlungsarbeit glauben musste, Michaela sei in dem Auto verbrannt. Nur hatten die Gangster das Pech, an Kommissar Hernandez zu geraten, der auch bei Unfällen von Touristen genau hinsah, was bestimmt nicht alle getan hätten. Zudem wurde er von mir unterstützt. So ging der Plan der Gangster nicht auf. Sie hatten es sich so schön vorgestellt, dass man, wenn man erst mal glaubte, dass Michaela im Auto verbrannt war, nicht mehr versuchen würde, die Leiche wirklich zu identifizieren. Schließlich hatte das wirkliche Opfer als Alleinstehende bis dahin noch niemand als vermisst gemeldet.«

»Schlaue Hunde.«

»Ja, das hat schon was, aus einer Notlage heraus so etwas zu konstruieren. Aber brutal waren sie mindestens genauso sehr. Zum Glück haben Kommissar Hernandez und ich sie ja geschnappt. So – wollt ihr noch etwas wissen, oder können wir Feierabend machen?«

»Nur noch zwei, drei Fragen bitte«, sagten Verena und Stefan nahezu gleichzeitig, und Peter fragte: »Ja, was denn?«

»Wie ging es denn mit euch weiter?«

»Ach, erst mal erstaunlich gut. Nachdem Michaela von ihrer Therapie zurück war, erlebten wir unsere schönste Zeit. Wir liebten uns mehr denn je, Eifersucht war kein Thema mehr, und im darauffolgenden Sommer heirateten wir. Wir haben uns auch sehr Kinder gewünscht. Heute muss ich aber leider sagen: Gut, dass es nicht geklappt hat.«

»Wieso?«

»Nun, fünf Jahre lang ging alles gut, aber dann, im Herbst, erkrankte Michaela schwer. Sie wurde untersucht, und es stellte sich heraus, dass das eine Spätfolge des erzwungenen Drogenkonsums war. Es wurde immer schlimmer, bis sie im Jahr darauf, im Februar, mit dem Notarztwagen ins Krankenhaus gefahren werden musste. Erst nach Ostern war sie wieder zu Hause. Als sie zurückkam, war sie zwar körperlich wieder gesund, aber ihre Seele hatte gelitten. Sie war einfach nicht mehr die Alte. Sie wurde immer schwermütiger, kränkelte ständig, ohne wirklich etwas zu haben. Schließlich verlor sie ihre Arbeit. In der Folgezeit wurde sie regelrecht streitsüchtig. Dann kam der bewusste zehnte Januar im Jahr darauf. Als ich morgens aufstand, fand ich nur noch einen Brief von ihr auf meinem Nachttisch, aber sie war weg. Sie schrieb mir, es sei keinesfalls meine Schuld, dass sie gehe, und auch, dass sie mich noch immer liebe. Dennoch sei es so besser für alle. Ich könne mich ruhig scheiden lassen, wenn ich das eines Tages wolle, sie gebe mit diesen Zeilen ihre schriftliche Einverständniserklärung ab.«

»Das verstehe ich nicht.«

»Ich auch nicht, Stefan; bis heute nicht. Deshalb ist es ja für mich so unsagbar schwer, mit diesem Verlust zu leben. Ich suche sie auch deshalb, weil ich wissen will, warum. Lieber wäre es mir zwar, sie käme zurück … aber lassen wir das.«

»Liebst du sie denn immer noch so sehr?«

»Mehr denn je. Deshalb habe ich auch nie versucht, mich scheiden zu lassen. Und die fünf oder sechs kleinen Affären, die ich in den letzten Jahren hatte, waren auch nicht der Rede wert; meist hat es nicht mal Spaß gemacht.«

»Eine letzte Frage hab ich noch. Wie kam es denn, dass du bei der Polizei in Zwangspension geschickt wurdest?«

»Das hätte dir auch Verena erzählen können, aber wenn ich schon mal dabei bin, nun gut. Kaum war Michaela weg, da hatte ich so etwas wie einen Zusammenbruch. Mein ganzes Leben geriet aus den Fugen. Ich kam unpünktlich zur Arbeit, feierte oft krank, trank mehr, als mir guttat, und hatte Heißhungerattacken, die man sich kaum vorstellen kann. Damals habe ich in kurzer Zeit fast dreißig Kilo zugenommen, die ich bis heute nicht mehr verloren habe. Eines Morgens im darauffolgenden Herbst kam ich auf dem Weg zur Arbeit von der Straße ab und knallte gegen einen Brückenpfeiler. Ich wurde ziemlich schwer verletzt, kam ins Krankenhaus, und man dachte erst, ich sei betrunken Auto gefahren. Die Blutprobe ergab aber, dass ich vollkommen nüchtern war. Deshalb glaubte man auch an einen Suizidversuch. Ich konnte keine Stellung dazu nehmen, denn ich lag eine Woche im Koma und war weitere drei Wochen nicht vernehmungsfähig. In meiner Erinnerung an den Vorfall, die nach wie vor nur bruchstückhaft ist, glaube ich aber, dass mir ganz plötzlich die Tränen kamen und ich, weil ich nichts mehr sah, das Steuer verriss. Aber wie dem letztendlich auch war, es kam, was kommen musste. Ein psychologisches Gutachten wurde eingeholt. Bis dahin war das Vorgehen der Kollegen ja ganz in Ordnung. Aber wie der Gutachter vorging, das wirft jede Menge Fragen auf.«

»Wieso denn das?«, fragte Verena.

»Weil der Psychologe bei mir Labilität feststellte, die mich für den Polizeidienst disqualifizierte. Wie er das feststellen konnte, ist mir ein Rätsel. Denn er sprach nicht einmal mit mir, da ich ja den größten Teil der Zeit besinnungslos in meinem Bett lag. Mir kann keiner einreden, dass da nicht dran gedreht wurde. Aber wenigstens waren sie fair genug, mir nicht auch noch ›eigenes Verschulden der Krankheit‹

zu unterstellen. So konnte ich wenigstens mit vollen Bezügen in Frühpension gehen.«

»Oh, Scheiße, dich hat's aber ganz schön gebeutelt«, sagte Stefan betroffen.

»Na ja, immerhin fiel ich in den darauffolgenden zwei Jahren genau in dieses tiefe Loch, das die Psychologen mir einredeten. Ich habe gesoffen, was das Zeug hielt, war kaum noch nüchtern anzutreffen und habe in dieser Zeit fast mit meiner gesamten Verwandtschaft gebrochen. Selbst meinen Bruder und meine Eltern habe ich schon mehrere Jahre nicht mehr gesehen. Keiner begriff damals, dass ich einfach nur in Ruhe gelassen werden wollte; nur Verena. Drei Dinge gibt es, die mir heute noch ein Rätsel sind. Das ist die Frage, wer den Gutachter derart beeinflusste, dass er mir beruflich das Genick brach, natürlich die Frage, warum Michaela überhaupt ging, und die Tatsache, dass ich trotz angeblicher Labilität meinen Waffenschein behalten durfte.«

»Ja, das ist sonderbar«, sagte Stefan, »aber vielleicht hofften sie, dass du irgendwann auf die Beine kommst, und wenn du schon nicht mehr bei der Polizei anfangen konntest, so hättest du so bei einem Werkschutzunternehmen anfangen können.«

»So fürsorglich sind unsere Behörden nicht. Da brauchst du dir keine Hoffnungen zu machen. Aber das hast du ja gerade selbst erfahren dürfen.«

»Aber so geizig.«

»Wieso?«

»Wenn eines Tages deine Arbeitsunfähigkeit nicht mehr gegeben ist, können sie deine Pension vielleicht kürzen oder gar ganz aufheben.«

»Das ist ein guter Gedanke; daran habe ich noch gar nicht

gedacht. Aber was soll's. Ich bin froh, dass ich euch alles erzählt habe. Das hat mir schon lange auf der Seele gelegen. Ich fand es übrigens gut von euch, dass ihr über weite Strecken nur zugehört und mich nicht mit dummen Fragen gelöchert habt. Das hat es mir leichter gemacht.«

»Danke, Onkel Peter, dass du uns ins Vertrauen gezogen hast. Ich kann dich jetzt noch viel besser verstehen. Aber jetzt bin ich völlig kaputt. Ich leg mich schlafen. Kommst du mit, Stefan?«

»Klar, es ist ja schon zehn Uhr vormittags. Es ist zwar fast eine Schande, diesen herrlichen Sonntag zu verschlafen, aber genau das werde ich tun: nur schlafen.«

Beide standen auf. An der Wohnzimmertür drehte sich Verena noch einmal um. »Onkel Peter?«

»Ja?«

»Geht es dir gut? Hat dich das Erzählen, das Kramen in Erinnerungen, nicht zu sehr mitgenommen?«

»Ehrlich gesagt, hatte ich genau davor immer Angst. Aber jetzt, da alles ausgesprochen ist, muss ich sagen, es geht mir so gut wie schon lange nicht mehr. Das hat übrigens schon angefangen, als ich mich bemühte, den Verdacht gegen Stefan zu zerstreuen.«

»So, so.«

»Ja, aber jetzt ist endgültig Schluss«, sagte Peter grinsend, »gute Nacht, oder besser: guten Tag.«

Peter Stettner hatte den letzten Satz noch nicht richtig ausgesprochen, da drehte er sich, noch einmal fröhlich winkend, auf dem Absatz um, ging in sein Schlafzimmer hinüber und ließ die beiden jungen Leute völlig verdutzt im Flur zurück.

»Was war denn das?«, fragte Stefan, und Verena erklärte ihm: »Ja, so fröhlich kenne ich Onkel Peter von früher. Vielleicht wird ja doch noch alles gut.«

»Vielleicht kann ich ja etwas dazu beitragen«, sagte Stefan und begann, die Treppen hinaufzusteigen.

»Wie meinst du denn das?«, fragte Verena, aber bevor Stefan antworten konnte, begann sein Handy zu läuten.

»Weimershaus, guten Tag«, meldete er sich und schaltete den Lautsprecher ein.

»Hallo, hier spricht Herr Weber von der Furnierhandlung Weber. Ich möchte mich aufrichtig bei Ihnen entschuldigen. Und Sie fragen, ob Sie Lust hätten, wieder zu unserem Team zu stoßen Da wir einen Platz in der Führungsebene neu besetzen müssen, wird eine Stelle als Verkäufer frei. Sie könnten also bereits eine Stufe höher wieder einsteigen.«

»Nein, Herr Weber, daran bin ich ganz und gar nicht interessiert.«

»Aber wieso …«

»Sagen wir mal, die Vertrauensbasis zwischen uns ist irreparabel zerstört. Außerdem habe ich inzwischen ein viel besseres Angebot.«

»So?«, fragte Weber, und man hörte deutlich, wie er tief Luft holte, um weitersprechen zu können. »Darf ich fragen, um welche Art von Angebot es sich handelt?«

»Sie dürfen zwar nicht fragen, aber ich sage es Ihnen trotzdem. Ich werde in einem Unternehmen Juniorpartner.«

Das hatte gesessen.

Nun vollends aus dem Konzept gebracht, fragte Weber: »In … in der Holzbranche?«

»Dass ich davon die Nase voll habe, ist doch wohl verständlich!«, fuhr Stefan sein Gegenüber an. »Ich werde mit dem Onkel meiner Freundin ein Detektivbüro eröffnen.«

Man spürte förmlich, wie Weber um Fassung rang, und als es still blieb, fragte Stefan frech: »War's das?« Da eine

Antwort weiterhin ausblieb, sagte Stefan kurzerhand: »Auf nicht mehr Wiederhören«, und legte auf.

ENDE